世界文學
經典名作

# 砂之精靈

## FIVE CHILDREN AND IT
## EDITH NESBIT

伊迪絲・內斯比特 著
楊玉娘 譯

# 編輯室報告

《砂之精靈》（Five Children and it）直譯是《五個孩子和牠》或《五個孩子和一個怪物》，是英國作家伊迪絲．內斯比特的青少年奇幻小說，一九〇二年初版之後，馬上造成轟動，大受男女老少讀者的讚賞與歡迎！

這部作品曾在一九八五年被改編爲日本卡通影集《莎米亞咚》，一九九一年被英國BBC改編爲《五個孩子和一個怪物》共六集的電視影集，而二〇〇四年也被導演約翰．史蒂文森搬上了大銀幕《沙仙活地魔》，並結合了哈利波特系列電影的演員。

英國作家J．K．羅琳曾表示《砂之精靈》是她創作《哈利波特》系列小說的靈感來源。

J．R．R．托爾金奇幻小說《羅佛蘭登》的角色「沙地巫師」（Psamathos Psamathides）也是以《砂之精靈》中的沙米亞德爲原型。

故事從一個搬家的日子開始。西里爾、安西雅、羅伯特、珍四個兄妹以及他們兩歲大的小弟弟，到他們的海濱新居過暑假。爸爸、媽媽外出，留下他們和保姆等人在一起。他們在沙灘上挖沙坑。突然，從沙子底下鑽出一個怪物來。這個怪物自稱是「砂之精靈」沙米亞德。他有一種魔力，能夠當場把孩子們的願望變成現實。

於是，孩子們每天都提出一個願望，但這些願望的實現也讓他們陷入尷尬。他們想變得漂亮，但保姆認不出他們，他們就無法回家，吃不上飯；他們要很多錢，但這些古金幣卻無法使用，而且還差點兒被警察帶走；他們的小弟弟，人人都搶著要；他們長著翅膀飛到教堂塔樓的屋頂上，卻困在那裡；羅伯特變成了巨人，小弟弟變成二十多歲的青年……

這裡的「砂之精靈」沒有一般怪物那樣的神秘性和威嚴感，他是被孩子們硬從沙中給挖出來的，他的出場是被逼無奈，一副狼狽不堪的樣子，但他的自尊心又很強。他和這幾個孩子成為好朋友，每天都滿足他們的願望，但他的法力有限。每次只能施一次法，而且這種魔法只能持續一天，等到太陽西沉就會消失。

作者在自己的作品中，不是把現實中的孩子帶入一個幻想的世界，而是把幻想世界中的人物帶入孩子們的日常生活。這就大大地拉近了作品與讀者們的距離。

伊迪絲．內斯比特（Edith Nesbit 一八五八－一九二四），這是一個輝煌的名字，她是一位兒童文學作家，大部分作品都發表在上個世紀末和本世紀初，也就是說，距今已有一百年了。但直到今天，她一百年前所寫的作品卻依然暢銷，於世界各地擁有衆多的讀者。她就宛如兒童文學史上的一顆不滅的彗星，其光芒從十九世紀一直橫跨到二十世紀的天空。因此，於日本出版的《英美兒童文學》一書中，有評論家甚至不忌溢美諛詞之嫌，這樣寫道：「伊迪絲．內斯比特不僅是英國兒童文學史上第一個黃金時代的巨星，也是二十世紀兒童文學的偉大源泉。」

她在自己的作品中，不是把現實中的孩子帶入一個幻想的世界，而是把幻想世界的人物帶入了孩子們的日常生活，這大大拉近了作品與讀者的距離，讓孩子們覺得這故事是在述說他們自己身邊的故事，而不再是「很久很久以前……」的故事，從而使作品擁有了批判現實的力量。

# 目錄

# 1 如花一般美麗

那個家，距離火車站至少五公里，但是，那輛髒兮兮、借來的馬車，甚至還沒跑上五分鐘，孩子們就迫不及待地從馬車車窗探出臉來說：

「那個家是不是快到了？」

說到附近的人家，只能以「稀疏」二字來形容，而只要馬車一經過這些人家，孩子們仍會齊聲問道：

「啊，是這一家嗎？」

然而，卻沒有任何一家是。好不容易到達山頂，那個家正位於白堊採掘場（英國本土埋藏了許多白堊岩土，所以採掘場隨處可見）與砂石採掘場之間。屋子是白色，庭院是綠色，屋後有果園。到達家門口時，母親終於說話了：

「到家了！」

「哇，是白色的家哩！」羅伯特說。

「瞧那些薔薇！」安西雅說。

「也有西洋李呢！」珍說著。

「嗯，太棒了！」西里爾贊成地說。

當最小的弟弟喊著「下車、下車」時，馬車也搖搖晃晃的停了下來。

孩子們都爭先恐後的想跳下馬車，所以互相踢來擠去，但是誰也不去在乎。在這種情況下，仍看不出母親任何急躁的跡象。連下車的時候母親都不慌不忙，緩緩踏著步伐。當孩子們在庭院、果園、遍植薔薇及綠草如茵的門外、屋旁已乾了水的噴泉嬉戲、打鬧之時，母親也沒和他們在一起，只見她慢慢差人將行李搬進屋內、付帳。

老實說那個家，一點也不漂亮，相當普通，而母親也一直認爲它是極不方便的家。只是，人在沒有一個像樣的家時，若連個櫃子也沒有的話，那就太叫人煩惱了。

然而，那個家的附近沒有其他住家，在這個鄉間可說稱得上獨一無二。至於孩子們在來到此地之前的兩年裡，不曾有過一次搭乘觀光火車前往海邊的經驗，而一直住在倫敦。因此，這個「白色的家」簡直就是孩子們的地上樂園，他們把它當做是精靈的宮殿，那是因爲倫敦這地方，如果沒有富有的親戚，對孩子們而言，簡直就像是一座監獄般苦悶。

當然，倫敦有商店也有劇場。但是，沒有很多錢就不能前往劇場，也無法到商店裡買東西。

此外，倫敦這地方根本沒有能讓孩子們盡情玩耍又不受傷害的樹木、沙子、森林、河川。而且，倫敦的住家和道路，其外觀都非常無趣，不是直直的，就是平平的，不像鄉間那樣有凹凸不平，各式各樣奇妙的形狀。

城市裡的孩子們，脾氣暴躁、又不聽話，也是因這緣故。而那些孩子們對於自己為何會不聽話也毫不知情，甚至連父親、母親、祖母、祖父、老師及保母也都不曉得原因。但是，我們卻很清楚。至於諸位，現在也應該知道了吧。鄉下的孩子們，難免也有不聽話的時候，然而，那絕對是另有理由的。

不久，四個孩子全被大人捉回來，假裝乖巧的坐在屋內，吃那些已準備好的茶點，而在這之前，他們已完成了倉庫及庭院的探險，他們都已明白，這白色的家會帶給他們許多的樂趣。其實，在他們看到這房子第一眼時，就已有了這種想法。之後，當他們巡視房子的後面時，發現開滿了白色的茉莉花，並且散發出慶祝生日時噴在屋內的香水般的陣陣香味。此外，那裡的草地不像倫敦卡姆登市般是褐色，而是柔軟的翠綠色。

後來，他們進入古老的小馬廄時又發現屋頂與天花板之間，還殘留著些許的乾草，這時候，他們更清楚的明白，這個家將會帶給他們驚喜。然後，又當羅伯特從他發現的破鞦韆上掉下來，頭上腫起像雞蛋大小的包，而西里爾發現像兔籠般的小籠子後，又被籠門上突出來的釘子弄痛手指時，對這房子即將帶來的歡樂，已沒有懷疑的餘地了。

最讓他們高興的是，這裡已不再會有不可以去哪裡、不可以做什麼等規矩了。

白色的家位在離丘陵頂不遠的一個地方，後面是森林。而家的右手邊是白堊岩採掘場，左手邊是砂石採掘場。正下方的山腳下有燒石灰的燒石灰場及紅屋頂的釀酒廠，和其他住家。當那些煙囪冒出白煙、夕陽西下時，山澗籠罩在金色的煙霧中，而燒石灰場及釀酒廠會閃閃發光，這一幕就同天方夜譚裡的魔幻城市。

而孩子們在這裡尚未住到一星期，就發現了一個精靈——各位應該會相信吧！

那是發生在砂石場的事。當時爸爸因工作之故匆忙地去了外地，而媽媽又要去探望生病的奶奶，順便去住上一陣子。因兩人均是匆忙離開，所以家裡突然變得非常寂靜，又有些空洞。當孩子們從這個房間走到那個房間，看到尚未收拾好的紙箱及捆行李的帶子時，不知不覺地很想去做些什麼。

「喂，我們帶著挖砂石的鐵鏟，去砂石場挖洞好不好。我們就假裝把它當做是在海灘好了嘛！爸爸說過，從前那裡是個海。那裡一定埋著幾千年前的貝殼。」西里爾如此說著。

然後，四個人就出去了。當然，西里爾他們也曾來過這裡。但那時，只有往下看那個大洞罷了。因為，萬一下去後被爸爸發現了，以後就再也不讓他們到砂石場來了，那就太沒意思了。白堊岩礦場也是如此。但是，只要不從大洞的邊緣突然滑下去，砂石場也不算是個危險的地方。只要像搬運砂石的馬車般，沿著大洞的邊緣慢慢繞下去就可以了。

砂石場是個大而廣的洞，邊緣長了一些草，也開著乾巴巴的紫色及黃色的花。它看來就像巨人的臉盆。各處堆積著如小山般的砂石，洞的側面有挖出那些砂石後的小洞，而側面上方峭立部分一點一點的小洞，是沙灘痲雀家的正門。

孩子們開始堆砌沙堡。其實說到堆沙堡，若沒有海浪將好不容易挖好的沙洞淹沒，把辛苦蓋起來的沙橋沖斷捲走，把每個人的衣服弄濕到腰，就毫無樂趣可言了。

西里爾提議，在砂石場的側面挖一個洞，並在洞裡玩走私者的遊戲。但是，其他三人卻擔心，玩這種遊戲可能會被活埋在砂石堆內，所以，大家做出最後的結論，一起挖一道從城鎮通往澳洲的坑道。這四個人因相信世界是圓的，所以，認爲世界對岸的澳洲男孩及女孩，應該像貼在天花板上的蒼蠅般，以倒立方式懸掛在地面上。

這四個人不斷地挖洞，最後整個手變得又燙又紅，且滿是沙子，又因汗水弄濕了臉，使它閃閃發亮。小弟弟把沙子當成了黑細糖，並想去吃它，後來知道不是就一直哭，哭個不停，哭累了就縮著身體，躺在半完成的沙堡內睡著了。這麼一來，四位哥哥姊姊們，更能專心致力於挖洞的工作，而這個可能會通往澳洲的洞，已經被挖得非常深了。終於，讓珍忍不住的提議停止挖掘的動作。

「萬一突然挖穿了這個洞，那怎麼辦呢？我們不就會掉入澳洲小朋友的中間，而且把砂石全弄進他們的眼睛裡，又該怎麼辦呢？」珍說。

「對呀，這麼一來他們一定非常生氣，而拿石頭丟我們，也許就連袋鼠、鼴鼠、鴯鶓（澳洲產大型鳥）、油加利樹，都不要給我們看呢！」羅伯特也說。

西里爾與安西雅都知道，澳洲並不是近得可立即貫通，但是他們卻贊成不再使用鐵鏟，而以手挖。用手挖，仍挖得很快。洞下的沙粒，像海邊的沙粒般細小、柔軟又乾燥。而且還挖出了小貝殼。

「從前這裡是被水淹沒的廣闊大海嗎？而且有許多魚呀、鰻呀、珊瑚呀、美人魚呀，是嗎？」珍說。

「然後，還有船的桅杆及失事西班牙船的寶物。我希望在這裡發現西班牙金幣。」他們的大哥西里爾說。

「那麼這裡的海水，被帶到哪裡去了呢！」羅伯特問著。

「又不是用水桶舀走，怎麼可以說是帶走呢？傻瓜！」西里爾說。

「就像我們的蓋被滑下床去一樣，海水也會流向其他低的地方，久而久之，比較高的海就會變成乾旱的土地，爸爸曾經說過的嘛。來，我們找找看貝殼。我總覺得這個小洞穴裡會有某種東西。這裡有類似失事船的錨一樣的東西突出來了。無論如何，這個澳洲大洞，眞的很厚哩！」

其他的孩子也表贊同。但是，只有安西雅仍繼續挖著。安西雅總是喜歡把已開始的事做到底。安西雅認爲，不把好不容易挖好的洞貫穿到澳洲是件非常可惜的事。

西里爾他們的洞穴，並沒有任何有趣的事，不但沒有發現任何貝殼，連原本以爲是失事船上的錨，也只不過是斷裂的十字鎬，探險洞穴的這三個人，終於知道，若不是在海邊，挖掘沙洞是件極讓人口乾的事。當其中的一人說出要回家喝檸檬茶時，安西雅突然大聲尖叫——

「西里爾！過來！啊，快點！是活的！要跑掉了啦——快點！」

三個人急忙跑了回來。

「是老鼠啦，一定是。」羅伯特說著。「爸爸曾經說過，牠們會在老舊的地方築巢——這個洞一定有幾千年的歷史，如果它是早從這裡還是個海洋時就已存在的話！」

「也可能是蛇！」珍顫抖著身體說著。

「你們看吧！我不怕蛇。」西里爾說著跳進洞內。「我喜歡蛇，若牠是蛇，我要馴服牠，帶著牠到處走，晚上還要圈在脖子上睡覺。」

「不行，不可以這麼做！可是，若是老鼠，就可以養。」羅伯特清清楚楚地說。

羅伯特其實和西里爾同睡一張床。

「不要說傻話了，才不是老鼠呢！」安西雅如此說道。

「比老鼠大得多。也不是蛇，因爲牠有腳。我看到腳了。而且，還有毛呢！哇！不要用鐵鏟，這會使牠受傷的！用手去挖吧。」

「然後，給牠咬一口是嗎？對不起我才不要呢！」說著，西里爾握緊了鐵鏟。

「不行！西里爾，不行！」安西雅說。「而且，我——雖然聽起來很奇怪——好像聽到了什麼。眞的，牠眞的說了什麼話哩！」

「說了什麼？」

「『放心吧！』好像是這麼說的……」

可是，西里爾卻說著「安西雅有些不對勁了」，便和羅伯特兩人繼續用鐵鏟挖掘。安西雅雖然站在洞的邊緣，但是因天氣熱，再加上有些擔心，所以就在那裡跳來跳去。男孩子們仍專心地挖著，在這當兒，大夥兒終於知道，這個通往澳洲的洞底，確實有個東西在蠕動。

這時，安西雅又尖叫了。

「我不害怕，讓我來挖吧！」

然後，安西雅跪在洞底，如同小狗突然想起埋骨頭地方似的，用兩手開始挖掘。

「哇，觸到毛了！眞的！觸到了啦！」

安西雅以邊笑邊哭似的聲音說著。

這時，突然從沙中傳來微弱的嘶啞聲，孩子們嚇得趕緊閃開，同時他們的心臟也撲通撲通地跳著。

「放心吧！」傳來了這句話。

這次孩子們因爲清楚地聽到了這句話，所以來回地看著其他孩子的臉，想知道他們是否也聽到了。

「可是，我們希望看看你呀！」羅伯特鼓起了勇氣說。

「拜託你，出來好不好嘛！」安西雅也大膽地說著。

「嗯——既然這麼說——」

然後，沙粒開始翻滾，且慢慢變得稀鬆的同時，一種包圍在褐色毛皮內又圓滾滾的東西，滾到洞底來了。當沙子從毛皮上掉下來時，這個圓滾滾的東西坐得穩穩的，並打著呵欠，用雙手搓著眼梢。

「哎呀！哎呀！我好像睡著了。」這個奇怪的東西，伸著懶腰如此說道。

孩子們站在洞穴邊，目不轉睛地往下注視著他們所發現的這個奇妙的東西。牠確實有讓人這樣注視的價值，因爲這個奇妙東西的眼睛，像蝸牛般長在長犄角上方，且能夠如同望遠鏡般伸縮自如。耳朵像蝙蝠的耳朵，胖嘟嘟的身體，就像蜘蛛的腹部般，長滿了厚又柔軟的毛。腿及手臂也長了毛，而手和腳卻像極了猴子。

「這到底是什麼？要帶回家嗎？」珍說。

這奇怪的東西，把長眼睛朝向珍的方向，並注視著她說：「這孩子是否經常講這些愚蠢的話呢？而且，頭上又放著那種奇怪的圓圈圈，眞像個傻瓜呢！」

接著，這個奇妙的生物，就像把她當傻瓜似地看著她的帽子。

「她根本沒有要亂說話的意思啦。」安西雅平靜地說。「雖然不曉得你是怎麼想的，可是我們沒有一個人有亂說話的意思啦！你不要怕嘛。我們絕不會對你惡作劇的。」

「對我惡作劇？我會害怕嗎？你在說什麼呀！聽你的口氣，好像是把我當成了一個鄉巴佬似地。」

說著，這個奇妙的東西，就像貓在吵架時一樣，把身體的毛全部豎了起來。

「是啊，假如我們早知道你是個特別偉大的生物，就會講些不會讓你生氣的話了。」安西雅再次以溫柔的聲調對牠說。「好像我們到現在講的話都令你生氣了。你是什麼呢？不要生氣嘛！因爲我們是眞的不知道啊！」

「不知道是嗎？哦，雖然我也聽說過時代已改變——可是——唉呀——你們真的連我這個『沙米亞德』出現在眼前，也仍不知道到底是什麼嗎？」

「沙米亞德？真像希臘語一樣，讓人糊里糊塗呢！」

「那當然啦，它確實是希臘語。」這奇妙的東西，傲氣十足又一本正經地說：「廣泛來說是『砂之精靈』。你們是說看到了沙神或是沙仙，對牠到底是什麼，毫無頭緒是嗎？」

這聲音聽起來好像有些失望又有些不高興，所以珍急忙開口了：

「當然，經你這麼一說，就知道你就是『砂之精靈』了，只要看了你的樣子，就能更清楚地明白這件事。」

「可是，妳早從剛才起就在看了啊！」

『砂之精靈』這樣說著，並蹺曲成圓形，想鑽入沙中。

「啊，不要走啦！再和我們說話嘛！」羅伯特這樣叫著。「我們雖然不知道你是砂之精靈，但是看到你的第一眼時就知道，你是我們從未見過聽過的，最——最棒的東西！」

聽到此話的『砂之精靈』，好像心情已好轉了。

「只要你們充分懂得規矩禮儀，我也不介意和你們說說話。如果你們舉止文雅地向我問話，我可能回答，也可能不回答。來，不管什麼，說說看吧！」

如此一來，任何人都無法立刻想出要說的話。然而，經過不斷思考後，羅伯特終於想出「你在這裡已經住了多久呢？」這樣的問題，所以立刻這樣問他了。

「哦，好久好久了——大概也有幾千年了吧！」沙米亞德回答說。

「把那些事全部講給我們聽好不好，拜託啦！」

「那些事全記載在書中啊！」

「可是，卻沒有記載你的事啊！」珍說。「把有關你的事全部說給我們聽嘛！我們對你一點也不了解，而且你又是個大好人。」

『砂之精靈』撫按著像老鼠般的鬍鬚微微一笑。

「拜託啦！」孩子們異口同聲說道。

我們是如何快速地習慣新的事物——即使連如此特殊的東西，也仍能立刻習慣，這眞是件不可思議的事。這些孩子們在五分鐘前，想都沒想過這世界上會存在著砂之精靈這種東西。但是，西里爾他們就好像一出生就已認識了砂之精靈似的。

『砂之精靈』縮回了眼睛說：

「哎呀，多好的天氣呀，這和以前完全一樣嘛。喂，最近你們是從哪兒獲得大懶獸呢？」

「什麼？」

孩子們異口同聲問道。向他人問「什麼？」——就是對某件事感到驚奇而如此問，這是不禮貌的一件事，但是孩子們剛才卻忘記了。

「最近能不能捉到很多鱷鳥獸呢？」『砂之精靈』又講了句奇妙的話。

孩子們無法回答這問題。

「你們早餐到底吃了些什麼呢？而且是誰弄給你們吃的呢？」

『砂之精靈』就像發脾氣似地說著。

「吃雞蛋加火腿，或麵包加牛奶，不然就是粥。是媽媽替我們準備早餐的。請問，你剛才說的那兩種東西到底是什麼呢？有人把那些東西當早餐來吃嗎？」

「這就奇怪了。我們那個時代，大部分的人都是把這些當早餐吃的。所謂鱷鳥獸，是半鱷半鳥的動物，烤來吃非常美味。對嘛，就是這樣。當時，有很多砂之精靈，所以一大早人類就來抓砂之精靈。砂之精靈一旦被抓到，就要為人類實現願望。而人們在早餐前就讓家中的男孩來到海岸，他們會吩咐家中最大的男孩，如果抓到砂之精靈，就讓牠變出可以馬上烹調的且已切好的大懶獸讓男孩帶回去。大懶獸是像大象一樣的動物，所以身上有很多肉。然後當他們想要魚時，就會說給我們變出魚龍，牠們有的長七到十四、十五公尺，而且也有許多肉。當他們需要鳥時，他會說要蛇頸龍。然後其他孩子們，也可獲得其他東西，此外，他們會要魚龍的另一個原因是，牠的鰭非常可口，而尾巴可當作湯匙之故。」

「那麼，吃飽之後一定會剩下很多沒吃完的食物囉！」

將來想成為一位好太太的安西雅如此說著。

「不會、不會，絕不會有這種事。剩餘的東西在夕陽西下時，都會變成石頭。即使現在，這附近也到處都有大懶獸的化石。」

「你是從哪兒聽來這些話的呢？」西里爾問。

當沙米亞德被問及這些話時，皺著眉頭，並以長滿毛的手，急忙挖掘著砂石。

「喂，等一等。再講些把大懶獸（即大地懶）當早餐吃的故事嘛！當時的世界是否和現在一樣呢？」

孩子們一起叫著。

沙米亞德停止挖沙的手並說話了。

「不，你們錯了。我們曾經住的地方全是沙堆。而且，那時的煤炭是長在樹上，花草就像小盤子一樣大，那些東西，你們現在仍可發現的，它們已變成了石頭。我們這些砂之精靈曾經是住在海邊的。當時，孩子們會拿著鐵鏟及石頭桶子為我們建造城堡。那已是九千年前的事了——但是，據說現在的孩子們也會建造沙堡。可見習慣這東西是不容易改變的。」

「那麼，你們為何不再住在沙堡呢？」羅伯特問。

這時，沙米亞德有些憂鬱地回答著：

「那是一個悲傷的故事。原因是孩子們會在沙堡上建造小溝。這麼一來，海水就會進入溝內，而砂之精靈不是會被水弄濕，就是會感冒，只要感冒了就一定會死。所以砂之精靈的數目愈來愈少。也因此，人類只要一捉到砂之精靈，就叫牠變出大懶獸，並且猛吃個不停，為的是他們不知道何時才能再碰到砂之精靈！」

「那麼，你也被弄濕了嗎？」羅伯特問道。

沙米亞德顫抖著身體說：

「只有那麼一次。我的左上唇第十二根鬍鬚前頭被弄濕了——即使到現在，只要天氣有些潮濕，這地方就感覺疼痛。就那一次經驗，對我來說已經太可怕了，所以當我那根寶貴的鬍鬚一乾，就馬上搬離了原來的住處。然後，一搬進這海岸深處，就在溫暖又乾燥的沙內建造了自己的房子。在那之後，海水也改變了住所。哦，我的話說完了，其他就沒有什麼好說的了。」

「嗯，你再隨便講一個故事嘛！是否現在也能實現我們的期望呢？」孩子們如此問著。

「當然囉！幾分鐘前你們不是已經實現過願望了，不是嗎？當你們說『拜託你出來嘛』時，我不就出來啦！」

「可是，我們能不能再許一個願呢？」

「好啊！可是要快一點哦，因爲我對你們已經感到厭煩了。」

你們是否也曾想過，如果有人說要幫你實現三個願望時要講些什麼呢。而且你也聽過一對老夫妻，把好不容易得到的三次許願機會白白浪費掉的故事吧。當時你一定會想，如果自己有這個機會，必會想出最恰當的願望使它實現，是吧！西里爾他們至今也曾討論過許多次，關於許什麼願的事。但是，現在突然有了能夠實現夢想的機會時，卻不曉得該許什麼願是好。

「快點！」『砂之精靈』的沙米亞德有些生氣地說。

可是，仍沒有人想到該說什麼。只有安西雅想起，自己和珍經常悄悄許的願望。但是，安西雅從沒有把這件事告訴過男孩子們。相信男孩子們一定也不喜歡這件事。無論如何，總比什麼都不說的好。

「讓我們變得如花般美麗好嗎？」安西雅急忙說著。

孩子們互相看著對方的臉。但是沒有人變得比以前更美麗。沙米亞德拉長了那對長眼睛，吸了一口氣後，身體立刻膨脹爲原來的兩倍，然後又「呼」的一聲把氣吐了出來。

「好像進行得不很順利，是練習不夠！」對方有些不好意思地說著。

孩子們非常地失望。

「哎呀，請再試一次嘛！」

「好吧！其實，我是想也替其他三人達成願望，所以儲存了力量。假如一次幫四個人同時達成一個願望，我可要再多使點力試試看。你們覺得怎麼樣呢？」

「嗯，好啊、好啊！」珍與安西雅如此說著。

男孩子們也點頭了。那是因爲他們在心裡想，沙米亞德不可能幫安西雅實現願望之故。女孩子總比男孩子容易相信別人。

沙米亞德拉長了眼睛，慢慢、慢慢地開始膨脹了。

「希望牠不要因爲我們而弄傷了自己。」安西雅說。

「如果皮膚破裂那就糟糕了。」羅伯特很擔心似地說。

當沙米亞德漸漸膨脹並塞滿整個通往澳洲的大洞後，又立刻把氣吐了出來，恢復原來的大小時，孩子們終於放心了。

「怎麼樣，還好吧！明天我會做得較輕鬆。」沙米亞德用力喘著氣說。

「難道絲毫不覺痛苦嗎？」安西雅問道。

「不會，只是鬍鬚前端有一點痛罷了。我覺得妳是個有愛心且熱誠的孩子。那麼，就再見了囉。」沙米亞德說。

牠用手和腳迅速地挖著沙洞，而不久之後就消失在沙中。

＊

孩子們互相看著對方的臉。他們立刻察覺到自己站在另外三個從未謀面的、美麗又耀眼的人的旁邊。

四個孩子們一時之間說不出一句話，就只楞楞站在那裡。任何一個孩子都以爲，當自己目不轉睛地注視著沙米亞德那慢慢膨脹的身體時，另外的兄弟姊妹們已晃到別處，而換來了三個不認識的孩子們。

首先開口的是安西雅。

「請問，你在這附近是否見過兩個男孩和一個女孩？」安西雅非常禮貌地問珍。

那個珍現在擁有一雙藍眼睛與一頭金黃色飄逸的長髮。

「我本來也想問妳相同的問題呢！」珍說道。

那時，西里爾突然叫了一聲。

「什麼，是妳呀！我記得妳這件罩衣上的破洞。妳是珍嗎？這邊站的是安西雅。我看到那條髒手帕就知道了。割破手指拿它擦傷口後，就沒有換新的一條。哇！一定是我們的願望實現了。喂，我是否也像妳們一樣漂亮呢？」

「如果你真的是西里爾，那麼我還是比較喜歡以前的你。」安西雅清清楚楚地說。「那一頭金髮，就如同教堂畫像中唱聖歌的孩子，一定會早死。那麼，這邊的就是羅伯特囉？眞像彈風琴的義大利人，頭髮那麼烏黑。」

「這麼說的話，妳倆就像聖誕卡片。對嘛，就像卡片上畫著的看起來很愚蠢的孩子一樣。而珍的頭，完全像一棵胡蘿蔔！」羅伯特有些生氣似地說著。

的確，珍的頭髮已變成了畫家經常描繪的火焰般的顏色。

「哎呀，你們這樣找碴兒，又有什麼用呢？」珍道。「快帶小弟回家吃早餐吧。他一定會說哥哥們變得眞漂亮！」

當他們回到沙堡時，小弟剛好醒來。但是，只有這小孩沒有變得如花般美麗，而仍是原來的模樣，其他兄弟姊妹們看到後就放心了。

「一定是他還小，靜靜的不說話，才不會成爲我們許願的夥伴，下次再許願時，必須要特別提醒還有一個弟弟。」珍說道。

安西雅跑過去向小弟弟伸出雙手。

「小弟，到安琪姊姊這邊來。」

小弟弟以怪異的表情看了看安西雅後，就把滿是沙子的拇指塞進了口中。安西雅是小弟弟特別喜歡的姊姊。

「來，過來！」

「我不要！」小弟弟說。

「來珍姊姊這裡。」珍說。

「安琪姊姊……」小弟弟以欲哭的表情，顫抖著雙唇說。

「小弟弟，讓羅伯特哥哥來揹你如何，我帶你玩騎馬遊戲。」羅伯特說道。

「不要，不要，我不要！」

小弟弟終於哭了出來。

四個小孩突然想了起來，小弟弟已經不認識這四人到底是誰了。孩子們有些失望的互相對看。但是，他們所看到的已不再是平常看慣了的熟悉的、令人懷念的、平凡的臉，而是一張張從未謀面的，完全陌生的美麗臉孔。

當西里爾準備抱起小弟時，小弟像貓般抓傷對方，又如同牛般大聲叫著。

「這可眞糟糕呢！」西里爾說道。「首先，必須要讓小弟熟悉我們才可以，不然他哭得這麼厲害，根本沒辦法帶他走嘛。這可不是開玩笑哦，我們非要讓小弟熟悉我們不可。」

西里爾他們非得這麼做不可。他們花了一個多小時，才和小弟成了好朋友。不過，因爲小弟弟就像又餓又渴的小獅子般，所以這件工作做起來格外困難。

雖然小弟終於明白，他必須輪流被這些不認識的小孩們抱著回家，但是，因他仍不輕易讓這些尚不熟悉的人抱著，所以兄姊們都被他弄得精疲力盡了。

「哇，終於到了！」

珍以踉蹌的步伐鑽進鐵門，好不容易來到了正門。然而，平常負責照顧孩子們起居的瑪莎，把手放在眼上遮著陽光，擔心似的站在那裡。

「來，把小弟抱走好嗎？」

當瑪莎從珍的手中強奪似的把小弟抱走後說：「哎呀，沒受傷安然的回家，終於讓我放心了！可是，其他孩子怎麼了，而且，你們又是誰呢！」

「什麼，當然就是我們啦！」羅伯特說道。

「嗯，是哪一家的『我們』啊？」瑪莎瞧不起他們似地問著。

「是我們啦！」西里爾說：「只是，我們變得如花般美麗而已嘛。我是西里爾，這三人就是其他三個嘛。我們已經很餓了啦，所以不要再說傻話，快讓我們進去啦。」

瑪莎對大聲喊叫的西里爾只說聲「住嘴」，就把正門關上了。

「我也知道長相已不同於以往了，但是，我是安西雅呀！」安西雅說。「我們已非常疲倦了，而且也過了用餐時間啊！」

「雖然不知道你們是誰，可是還是趁早回你們的家吃飯吧。如果你們是受我們家的孩子們煽動故意來惡作劇的話，請你們去告訴他們，等他們回到家，我可會好好罵他們一頓。」

說完，瑪莎就劈哩啪啦地把門關上了。

西里爾噹噹地搖了搖鐘，但卻一點回音也沒有了。

不久，負責廚房差事的芳妮，從二樓窗戶探頭出來說：「不趕快滾遠點，我可要叫警察先生來把你們帶走了。」

說完，也把窗戶碰一聲關了起來。

「我看沒辦法了，還是快點離開吧！」安西雅說。

「不要，還沒被警察先生帶走前我不走！」

男孩子們說，那會有這種沒道理的事。英國的法律，不會因爲有人變得如花般美麗，就把他抓去警察局。但是，男孩子們仍然跟隨著女孩們離開了家。

「我相信，等夕陽西下後，就會回到原來的模樣。」珍說道。

「現在該怎麼辦呢？」西里爾有些垂頭喪氣地說。「也許我們無法變回原來的樣子，畢竟和大懶獸存在的幾千年前相比，時代已經變了。」

這時，安西雅突然叫了起來。

「哇！說不定，我們會像大懶獸一樣，等夕陽西下後就變成石頭，而且，明天，到了明天，也許全部都會消失得無影無蹤了。」

因爲安西雅哭了出來，所以珍也跟著哭了。男孩子們的臉色也變得蒼白了。沒有人再有心情說話了。

這確實是件可怕的事，這附近沒有一間住家，能使他們去要一點麵包碎片，甚至於水。孩子們因太過於害怕，而沒有心情到山下的村子，因爲他們看見瑪莎提著竹籠去山下村子，再加上村子裡有警察先生。

他們四人確實如花般嬌美，但是，肚子餓、口又渴時，即使自己是多麼美麗，也無法安撫他們了。

孩子們到白色的房子去了三次，試著讓芳妮聽他們說一句話，結果都沒有用。然後，羅伯特想試著從後面的窗戶鑽進屋內，再打開裡面的窗子，把其他孩子拉進去，但是所有的窗子都裝在手搆不到的地方。而且，又被瑪莎從二樓窗口把一大壺的水潑到他身上。

「你還在那裡呀，這個義大利猴崽子。」又被她這樣罵了。

這四個人終於踏在已乾的水溝，在樹籬下排成一列，等待夕陽西下的時刻盡快來臨。一邊等一邊仍讓他們擔心的是，夕陽西下後，四人會變成石塊，或是變回原來的樣子這問題。孩子們都感覺到，自己站在不認識的人旁邊而有些寂寞，所以儘量使自己不要看到其他孩子的臉，並坐了下來。所以會如此，那是因爲雖然聽到聲音確實是自己的兄弟，但一看到臉，卻會感到又陌生又生氣。

在這種沈靜的氣氛下，沒有人肯說一句話，後來，羅伯特終於先說話了。

「我不認爲會變成石頭，而且沙米亞德也說過，明天也要替我們達成心願。若變成石頭，就無法爲我們做這件事了。」

「對，是不可以……」其他孩子們也說道。

但是，這四人的心情一點也沒有變得較輕鬆。然後，大家又陷入了比剛才更嚴肅的氣氛中，經過比先前更久的沈默後，這次換西里爾突然說話了。

「安西雅，還有珍，我並沒有要嚇妳們的意思，可是，我好像開始變成石頭了，我的腳已毫無感覺了，我確實已變成石塊了，妳們不久也會變成石塊的。」

「不要擔心了，」羅伯特溫柔地說道：「也許只有你才會變成石塊，因爲我們到現在都好好的呀。如果你變成了石塊，我們會非常愛護你，並在你的脖子上掛一條花圈。」

然而，後來才知道西里爾的腳沒有知覺是因爲長時間跪坐而發麻之故。當其他三人知道事情眞相後大發雷霆。

「你眞無聊，害得我們都嚇一跳！」安西雅說。

之後，當大夥再次比以往更沈重的表情不說一句話時，珍開口說話了。

「假如，這次我們都能平安地恢復原來的樣子，那麼下次一定要記得叮嚀沙米亞德，不論我們變成什麼樣子，都不要再讓瑪莎她們這麼操心好不好？」

其他三人只有輕聲回答罷了，因爲他們目前太過悲哀，所以根本沒心情想以後的事。

終於，因爲肚子太餓、加上令人困擾、再加上生氣、疲倦——這四件令人討厭的事情相互重疊，而發生了一件很棒的事。那就是睡眠。孩子們閉上了漂亮的眼睛，微張著美麗的嘴巴，橫臥成一排睡著了。

＊

首先醒來的是安西雅。夕陽已西下，周圍也已微暗了。

安西雅爲了更加愼重起見，擰了一下自己的身體。她感覺到疼痛，知道自己沒有變成石頭。然後，她也擰了其他三人，發現三個人的身體也是柔軟的。

安西雅高興地幾乎掉下淚來，她大聲叫著：

「醒一醒啊，大家都沒事了。沒有變成石頭。哇，西里爾，你又變回了那個醜樣子，多棒啊。雀斑也出現了、頭髮是褐色，眼睛也那麼地小！而且，其他人也都恢復了原貌！」

因爲怕其他人會吃醋，所以安西雅補充了這句話。

當四個人回到家時，瑪莎狠狠地申斥了他們一頓，然後向他們說出剛才那些孩子的事。

「他們確實長得很好看。但是卻是厚顏無恥的孩子！」

「嗯，知道了。」羅伯特說道。

羅伯特知道向瑪莎說明任何事都是沒有用的，所以不再多言。

「對了，你們跑到哪裡去了，這麼不聽話，眞是傷腦筋呢！」

「屋子後的那條路。」

「那爲什麼不早些回來呢？」

「因爲那些孩子在，所以不能回來呀！」安西雅說道。

「誰？」

「就是那些如花般美麗的孩子們啊。因爲他們，只好在那裡停留到日落時分啊。等他們不見了之後，我們才回來。瑪莎，我們好討厭他們哦！來，快點，給我們飯吃，快點！我們已經很餓了。」

「很餓？那一定的嘛！」瑪莎好像生氣似地說。「在外面待到這麼晚。眞希望你們從此牢牢記住，不要隨便和陌生的孩子們玩。下次即使再遇見那些孩子，也絕不能和他們說話、更不要多看一眼，直接跑來告訴我，讓我好好的修理他們。」

「假如再遇到他們，一定會來告訴妳的。」安西雅說。

這時，芳妮端來一盤涼了的烤肉過來了。

羅伯特高興地注視著它，並小聲喃喃自語著：

「我們會特別小心，不要再碰到那些人！」

這四個孩子，果眞像他們所說般，沒有再遇見那些孩子們。

# 2 金幣山

第二天，安西雅醒來後發現，自己作了一個像現實般的夢。在夢裡雖然下著滂沱大雨，但安西雅卻沒有撐傘地走在動物園，動物們也因這場猛烈的雨勢，感到厭煩且有些悶悶不樂。

當安西雅醒來時，雨勢及雷聲仍沒有停止。雷聲原來是有些感冒跡象的珍，所發出的沈重呼聲，而雨勢是羅伯特擰濕毛巾的一角後，滴在安西雅臉上的水珠。羅伯特解釋說，這是爲了叫醒安西雅。

「你不要弄了！」安西雅有些生氣地說著。

羅伯特立刻停止了。羅伯特雖然很擅長於這種叫醒人的惡作劇及逗人笑的玩意兒，但卻不是個蠻橫不講理的孩子。

「我作了個奇怪的夢。」安西雅說道。

這時，珍突然醒來並說道。

「我也是，我夢到在砂石場發現『砂之精靈』，而且那個『砂之精靈』說自己叫沙米亞德，又說只要我們許願，每天都會幫我們達成一個願望——」

「那麼，和我作的夢一樣囉！」羅伯特說。「我現在正要講這些話呢，因爲沙米亞德如此說。所以我們立刻向牠許了願。眞是太傻了，竟然許願說，要像花般美麗，結果雖然眞的實現了願望，但卻害我們倒了大楣。是這種夢吧！」

這時，安西雅從床上起身便說道：

「可是，不同的人作相同的夢，這有可能嗎？雖然我另外也作了動物園及下雨的夢，但你們所說的夢，我也都夢見啦。而且，在夢中小弟弟還不認得我們，瑪莎她們也因爲我們變得太美，完全像別人一樣，所以不讓我們進屋裡——」

這時，從樓梯處傳來排行老大的哥哥的聲音：

「喂，羅伯特，快來不及吃早餐了，你想跟上次一樣又不洗臉嗎？」

「喂，你要不要過來一下？我才不會不洗臉呢。上次我吃完早餐後，到爸爸房間洗過了，因爲我們房間裡的水已被倒掉了啊！」羅伯特說道。

衣服穿到一半的西里爾出現在門口。

「你來一下嘛！」安西雅說：「我們都作了個奇怪的夢。大家都夢見發現一隻『砂之精靈』——」

因爲，西里爾作出了有些瞧不起人的表情，安西雅的話也就中斷了。

西里爾說道：

「夢？傻瓜！那是現實，那些都是實際發生的事。所以，我才要你們快點下樓去呀！吃完早餐後再去向牠許一個願嘛。可是，在我們出門前必須弄清楚要許什麼願才可以呀。而且，若另外三個人沒有贊同，那麼任何人都不准許願哦！像什麼，如花般美麗啦，我才不要呢，絕對不能再許這種願哦！」

另外三人張大了嘴並把衣服換好了。如果說『砂之精靈』這場夢是事實，那麼——穿衣服的現在，倒像是夢。女孩子們如此想著。珍認爲西里爾說的話是眞的，安西雅卻半信半疑。但是，到樓下後被瑪莎問及昨天惡作劇的事時，終於清楚地明白，那全都是事實。

「對了，小弟呢？」西里爾邊吃著飯邊問道。

「瑪莎要去羅斯塔的堂姐那裡，她說要帶小弟去呢。媽媽曾答應她可以這麼做的。她現在正在幫弟弟穿最漂亮的衣服哩！給我一片烤麵包。」珍回答。

「瑪莎好像很喜歡帶著小弟去哩！」羅伯特有些不可思議地說著。

「做傭人的，好像都很喜歡把主人的孩子帶去親戚家，」西里爾說著：「我從以前就注意到了——而且，每次都給他穿最漂亮的衣服。」

珍把橘子醬抹在麵包上邊說：

「她把小弟假裝成是自己的孩子呢，而且又想像自己是公爵或伯爵夫人。瑪莎一定是以這種心情向親戚們炫耀自己。我想，那種感覺一定很棒！」

「帶著我家的公爵男孩，那怎麼會高興呢——換了是我，才不幹呢！」羅伯特說道。

「想想看！揹著小弟走路到羅斯塔，這是很辛苦的！」西里爾也表示了相同意見。

「他們要搭郵局馬車去，我們來目送他們吧！」珍說：「這樣，不但表示我們作了一件好事，而且還可確定，我們在今天一整天都可以揮掉他們的影子。」

瑪莎著紫色盛裝，戴著白蝴蝶結的藍帽子，領子上有黃色蕾絲邊及綠色蝴蝶結。而給小弟穿了最高級的米黃色綢質衣服及帽子。然後，這兩個打扮得漂漂亮亮的同伴，就在十字路口處搭上了郵局馬車。

當馬車的白敞篷與紅色車輪，慢慢消失在白色塵土中時——

「來，去見沙米亞德吧！」西里爾一說，四個人便立刻跑了出去。

途中，孩子們已決定今天要許的願望。他們雖然很急，但是並沒有從砂石場邊一口氣滑下去，而是像運貨馬車般，慢慢沿著馬車道繞了下去。因爲昨天他們把沙米亞德鑽進去的洞用石子圍了起來，所以很快就找到了那地方。

陽光普照，蔚藍天空沒有一片雲。沙子被曬得熱燙燙。

孩子們把埋在土中的鐵鏟取出開始挖掘。

這時，羅伯特突然開口說話了。

「啊——或許那眞是一場夢。」

「喂，你能不能想些有用的呢？雖然你的頭腦就只會想出這些無聊的事。」西里爾說道。

「喂，你能不能用那彆扭的嘴巴講些正經事兒呢？」羅伯特生氣地還嘴。

「來，換我們來挖如何呢？你們好像太熱了，所以開始發脾氣了，是嗎？」珍笑著說。

「不，那對我們來說是種累贅，不要拿著妳那個根本不能挖的鐵鏟來亂攪和好嗎，走開！」眞正冒火的羅伯特說道。

安西雅急忙從旁插嘴說道：

「我們不會妨礙你們的，不要生氣啦，羅伯特，我們不會再囉嗦了。所以，今天由你向沙米亞德說話好嗎，並且說出剛才決定的願望。相信你一定會做得很好。」

「不要再拍馬屁了。」羅伯特雖然這麼說，但語調已比剛才緩和許多。「開始必須小心了，來，我們一起用手挖吧！」

大夥一起用手挖著洞時，不一會兒就出現了樣子像蜘蛛，顏色是褐色，身上長了毛、手腳很長、有一雙像蝙蝠般的耳朵、蝸牛般的眼睛。換言之，出現了沙米亞德這個「人」。孩子們非常高興，並且鬆了一口氣。這麼一來，昨天的點點滴滴就絕對不是夢了。

沙米亞德舉起上身搖搖身體，把沙粒全抖了下來。

「你的左邊鬍鬚，昨天的情形如何？」安西雅親切地問候著。

沙米亞德回答說：

「情況不算是很好啦！昨晚沒能夠好好休息嘛。可是，我還是多謝妳的問候。」

「那麼，今天你能替我們達成願望嗎？」羅伯特說道。「我們除了眞正的願望外，另外還想拜託你一件事。另外要拜託你的事是一點點小事罷了。」

「嗯！嗯！」沙米亞德說道。「當我還沒聽到你們站在我頭的上面大聲小聲地講些無聊話之前，一直以爲關於你們的事只是一場夢。我經常作一些奇妙的夢呢！」

「眞的？我想聽你的夢。一定非常有趣。」

珍急忙說道。因爲她想儘快結束有關他們吵架的話題。

「這就是你們今天的願望吧？」『砂之精靈』打著呵欠說道。

西里爾在口中喃喃自語道：「哼，女孩就是這樣，眞討厭！」其他三人因無法開口，只好一動不動地站在那裡。萬一說「是」，那麼打算今天要許的願就此泡湯。可是，若說「不是」，那麼對一個長輩來說是一種不禮貌。所以，當『砂之精靈』說出下面一段話時，孩子們確實鬆了一口氣。

「如果你們的第一個願望是聽我的夢，那麼我就沒有力氣替你們達成另一個願望了。即使，你們的第二個願望是兄弟姐妹相親相愛，或是變成懂禮貌的孩子，這麼的微不足道，我仍沒有辦法替你們達成。」

「不，像這種小事情，我們是絕不會勞駕您來幫忙的，這種的我們自己就會想辦法了。」西里爾努力地說著。

其他孩子們也有些難爲情地互相看著對方的臉，他們心想，如果沙米亞德要責備就盡快責備好了，只要能使這些有關禮節的話題告一段落就好。

「是嗎？」沙米亞德說著，突然伸出了他那雙長眼睛，使得一邊的眼睛差點跑進羅伯特的眼裡。「那麼把你們另一個小小的願望說來聽聽吧！」

「我們希望不要讓女傭們注意到你替我們做的這些事。」

「你應該說，您爲我們完成的事——」安西雅小聲地教他說。

「我是說——您爲我們完成的事。」羅伯特再說了一遍。

沙米亞德稍微膨脹後立刻把氣呼出來說道：

「嗯，好了，這太簡單了嘛！總之，人類這種東西，不會是那麼容易就察覺到一些事的啦。下一個願望是什麼呢？」

「我們，無論如何，都希望──」羅伯特緩慢地說著。「擁有永遠數不清的金錢。」

「太貪心了。」珍說道。

「就這樣吧！」出乎意料地沙米亞德卻贊成了。「可是，值得安慰的是，即使你們拿到了這些錢，也不會有什麼特別的事。然而──數不清，這種模糊不清的事，我是不會做的！到底需要多少呢？需要金幣？或是紙幣？」

「需要金幣，差不多──幾千萬好了！」

「塞滿整個砂石場，這樣夠多了吧？」

沙米亞德輕率地說著。

「是，夠多了！」

「那麼，在我還沒做之前，趕快離開這個洞，不然的話會被金幣活埋哦！」

沙米亞德伸長了皮包骨的胳膊，帶點恐嚇地說著，所以孩子們火速往馬車道方向跑走了。只有安西雅雖然畏頭畏尾，但仍向沙米亞德的方向喊著：

「再見！希望你的鬍子明天會更好轉！」

跑到路上後，四個人回頭看了一看，之後他們只好立刻把眼睛瞇起來，再慢慢地一點點睜開了眼睛。因爲那裡實在太過耀眼而無法正常的睜開眼睛。這種情形就像在盛夏的日正當中，看著太陽一樣。砂石場的大洞，已被閃閃發光的金幣堆成了一座山，連小麻雀家的入口也全被金幣覆蓋住了。連接砂石場入口的馬車道，也像路邊堆著石塊般堆滿了金幣。而且，像河堤般隆起的金幣，愈是接近洞的中央，愈是平滑地擴展開來。

這裡的每一片閃亮的東西，都是金幣堆成的。每一塊金幣的一角或表面，都被陽光照得一眨一眨亮晶晶。而這些閃爍著紅色、黃色光芒的地方，就像一座砂石場的鼓風爐，或是出現在佈滿晚霞的天空上的魔術宮殿。

四個孩子呆楞楞地張著嘴站在那裡。沒有一個人開口說話。

不久，羅伯特終於蹲下身子，從路邊隆起的金幣山中撿了一個拿在手上，目不轉睛地注視著。然後仔細看了看正反面，並以不同於平常的低沈聲音說道：

「這不是沙福瑞金幣（英國的一鎊金幣，目前幾乎不再使用）嗎？」

「可是，它仍算是金幣呀！」西里爾說道。

然後，大家就你一句我一句地說著。每個小孩都握一把金幣在手中，再聽著它們從指縫中掉下去的噹啷噹啷聲，認爲這是非常美妙的聲音。起初，他們只顧著把金幣當玩具來玩，所以完全

H. R. MILLAR
1902.

沒有想到去使用它。當珍坐在兩座小金幣山之間時，羅伯特開始以金幣埋著珍的身體。就像和爸爸一起到海邊遊玩，而爸爸拿報紙蓋住臉睡著時，拿沙埋他的身體一樣。

但是，還埋不到身體的一半時，珍就大聲叫喊著：

「啊，不要啦！好重啊！呼吸困難啊！」

羅伯特說句「騙人！」就繼續把金幣堆上去。

「讓我出去啦！」

因爲珍大聲喊叫，所以好不容易被拉了出來，當他們看到站在那裡的珍時，發現她的臉色蒼白，且有些發抖。

「剛才眞的好痛苦哦！就像被石塊壓住一樣，不然，就像被鐵鏈綑住了一樣。」珍說道。

「喂，你們，」西里爾說道：「想想看用這些錢做什麼比較有趣，不要在那裡傻楞楞地站著。把它裝滿口袋，看去哪裡買些東西吧。你們不要忘了，到了黃昏這些錢就會消失的。我們早就應該問沙米亞德，爲什麼我們求來的東西不會變成石塊而是完全消失。喂，這個村子裡有一輛小型的馬車。」

「你是說把它買回來嗎？」

「不是啦，笨蛋——是租啦。然後到羅斯塔鎭去買一大堆東西呀。我們每個人，能帶多少就帶多少金幣去如何。可是，這是沙福瑞金幣不是嗎？一邊是男人臉的圖案，另一邊是像鏟的形狀般的了字，哎，管他呢，把你們的口袋裝滿哦，我們要出發了。如果有什麼話要說，就邊走邊說吧！」

西里爾坐著，開始往口袋裡塞金幣。

「當時我要在衣服上縫九個口袋時，你們都笑我是嗎？現在碰到這種事，你們總算明白它的好處了吧？」

其他的兄弟姐妹們突然明白了，因爲西里爾裝滿九個口袋，又包了一手帕的金幣塞在衣服內正要起身時，身體已東倒西歪無法站穩，這時不得不馬上坐下來。

「你必須丟下一些行李哦，不然船要沈沒了。現在總算明白裝九個口袋的下場了吧。」

羅伯特說道。

西里爾只得丟下行李。

然後，這四人開始往村子裡走著。路程大約有兩公里以上，而整條道路都是塵土。因爲天氣愈來愈熱，所以口袋裡的金幣也是愈走愈重。

首先，珍開口說道：

「我想，這些錢一定用不完。我們的全部加起來至少有幾千鎊。我要把我的一些錢藏在這些樹籬的樹蔭處，然後一到村子我們就去買餅乾。現在早就過了午餐時間。」

珍這樣說著，從口袋把金幣一把、兩把抓出來，並藏在樹底下。

「哇，這些金幣多麼圓、多麼亮啊，若它是點心該有多好，那我們就可以吃了。」

「是啊，可惜它不是點心，所以講那些話也沒用。來，快走吧。」西里爾說道。

但是，大夥的腳是愈來愈沈重、愈來愈緩慢。在到達村子前，已在好幾處的樹蔭下藏了他們的秘密寶物。然而，好不容易到達村子時，還有一千多枚的金幣，裝在四人的口袋內。雖然他們帶著這麼多錢，但是西里爾他們的模樣就像普通孩子，所以沒有一個人會相信，他們所帶的錢會超過十先令（英國輔幣單位）。

＊

暑氣，以及燃燒薪材的藍色火煙，就像一片輕雲般覆蓋在村中每戶人家的紅屋頂上。西里爾他們一屁股坐在最先發現的長椅上。這裡正是一間名叫「藍豬之家」的旅館兼餐廳。

最後是由西里爾進去「藍豬之家」買薑汁汽水（摻雜有薑汁的檸檬汽水）。

安西雅向大家解釋道：「小孩子是不可以進去賣酒的商店，但是換了是大人就無所謂了。而西里爾是我們之中最大的，所以最接近大人，不是嗎？」

因此，由西里爾進去，而其他孩子們就坐在烈陽下的長椅上等待。

「哼，眞是熱死人了，」羅伯特說道：「狗在熱的時候會伸出舌頭，不知道人類把舌頭伸出來，會不會也變得比較清涼？」

「試試看好了！」

因爲珍這樣說了，所以其他人全都把舌頭儘量往外伸出來。這麼一來，喉嚨開始有些抽筋，所以比剛才更渴，而且每位經過他們面前的人，都做出生氣的表情。當三人再次把舌頭縮進去時，西里爾正好拿著薑汁汽水回來了。

「這些薑汁汽水，是用原本打算拿來買兔子的錢買來的。因爲老闆不收金幣。我從口袋裡抓一把拿出來給他看時，他們大夥都笑我，說這是玩遊戲時拿來計算的假錢。我還買了一些裝在玻璃罐中的蛋糕及餅乾。」西里爾說道。

蛋糕已經乾掉了，而餅乾也變得軟軟的。這種蛋糕和餅乾都不好吃，但是薑汁汽水的美味，卻把難吃的蛋糕及餅乾全都給掩飾住了。

「這次換我拿金幣去買東西了吧，因爲我是老二。到哪裡去雇用去羅斯塔的馬車呢？」

安西雅說道。

租用馬車都在一個叫「馬車出租店」的旅館。安西雅從這家旅館的後門走了進去，因爲她知道，女孩不可以從設有酒吧的旅館正門進去。

安西雅回來後說道：「我不是在自誇哦，這次很順利。他說立刻就幫我們準備一部。以一枚金幣——任何金幣都可以。他說要帶我們去羅斯塔，而且也會再載我們回到這裡呢。他還跟我約定，我們去買東西時在車裡等我們。我認爲我辦得很好。」

「哼，妳做事滿機靈的嘛！」西里爾以不高興的表情說道。「是怎麼辦到的啊！」

「嗯，我才不會從口袋隨便抓一把錢出來，讓人看起來不值錢呢。」安西雅再說了一遍。

「當我一進去，就看到一個長得很可愛的男孩，拿著一個木桶和刷子在馬腳上刷著，我就拿出一枚金幣說：『這個，你看過嗎？』他說：『我沒看過，』並把他爸爸叫來了。他爸爸過來以後說，這是鏟印金幣（英國喬治三世時代，也就是一七七八年到一七九九年間所製造的金幣，背面印有鐵鏟標識）。然後他問我這金幣是不是我可隨便使用的自己的錢，所以我回答『是。』然後，我就問他關於小型馬車的事，我說，如果載我們去羅斯塔，我就送他這枚金幣，這先生就說『成交了。』這人名叫艾斯．克里斯賓。」

對孩子們來說，坐在小馬拖拉的漂亮小型馬車上，走在景色優美的鄉間小路，是件非常興奮的事。他們坐在上面各自想像著如何去用這些錢，但是任何人都沒有把自己的想法說出來。因爲他們認爲，讓小型馬車上的年老車夫聽到這些話不太適合。

車夫按照孩子們的請求，讓四個人在進入羅斯塔鎮的橋頭下了車。

「如果老爹您要買大型馬車及馬，那麼會去哪兒買呢？」

西里爾並沒有特別用意，仍像閒話家常似地問著。

「會到一個叫〈撒拉遜人首領之家〉的旅館找比利．皮斯曼。」老人立刻回答道。「如果你們的父親要買馬車，那麼在羅斯塔，再也沒有比比利更誠實、又懂禮貌的男人了。」

「謝謝。〈撒拉遜人首領之家〉是嗎？」西里爾說道。

孩子們到達這小鎮後發現，許多自然法則並非完全有它的道理。就像每一個大人都會說，賺錢難，花錢容易。但是，孩子們從精靈那裡得來的錢，是那麼容易就拿到手，但要使用時，卻是如此困難，又一點都行不通。

首先，就是安西雅想買一頂帽子，她原來的那一頂在今早不小心被坐扁了，所以安西雅走進帽子店選了一頂有粉紅薔薇花紋，並配上一片藍色孔雀羽毛的漂亮帽子。展示櫃上所掛的標籤上寫著——巴黎式樣．三幾尼（英國通用貨幣單位，二十一先令。目前已不使用）。

安西雅把三枚金幣放在手上，伸出來給那位穿著黑衣服的帽子店可愛女店員。她的那隻手，因早上沒戴手套就去砂石場挖沙，所以已變得非常骯髒。女店員目不轉睛地看著安西雅的臉，然後走進店的裡面，對一個同樣穿著黑衣服，長相比較凶的年長女人交頭接耳地說著什麼。然後，這兩個人把錢還給安西雅說，這些錢現在已不通用，所以無法接受。

「可是它們是眞的，而且是我的錢。」安西雅說。

「但是，它們已不是現在的通用貨幣啊。我們不想收。」年長的那人說道。

安西雅走出商店，回到其他兄弟姐妹的地方說道：

「那些人以爲，這錢是我偷來的呢。假如我們戴著手套，他們一定不會認爲我們是不誠實的人。就是因爲手這麼髒才會被懷疑。」

因此，這次選了一間比較不華麗的店，女孩子們買了棉織的便宜手套。但是，當安西雅她們拿出一枚金幣時，店裡的女人，越過眼鏡看著它並說，沒有辦法找零，所以，這些手套的錢，只好再拿西里爾爲了買兔子而存的錢來付帳。此外，當時又買了一件綠色的鱷魚皮手提袋，當然這也是利用原來拿來買兔子的錢購買的。

然後，這四人接著又試了幾間商店。玩具店、香水店、手帕店、書店、有漂亮包裝盒的文具店、販賣附近名勝古蹟之明信片的商店。但是，這一天，羅斯塔鎭裡沒有一間商店，當孩子們拿出金幣時肯找零錢的。一路下來，四個人全部變得滿身灰塵，頭髮蓬亂，再加上珍又跌倒在灑水車剛走過的道路上，所以那種樣子眞是狼狽不堪。

雖然肚子已經非常餓了，但是羅伯特他們已知道，用這些金幣是什麼東西都買不到的。他們也問過兩間麵包店，但仍然被拒絕。就像西里爾所說般由於那間麵包店的點心太香了，也因每個人太過飢餓，最後，終於決定把他們已商量過的事，以行動表示出來。

四人毫不客氣地進入第三間麵包店——是叫「比爾的店」——當櫃台後面的人們還來不及採取任何行動前，抓住三個各種形狀的點心麵包，再以弄髒的雙手，吃三明治似的用力壓著這三個麵包猛往嘴裡塞。

他們就這樣匆忙地把十二個麵包握在手中，一邊往嘴裡塞，一邊做好了心理準備。

大吃一驚的商店主人，從櫃台後面跑出來。

「瞧！」西里爾清楚地說著，並把還沒進店之前就握在手中的金幣拿了出來。「從這枚金幣中扣除吧！」

比爾先生搶奪似地拿起這枚金幣，爲了確定是不是假貨，用牙齒咯嗒一聲咬一下後，放入了口袋內。

「快快走開！」比爾先生用恐怖的聲音簡短地大聲叱責。

「可是，還沒找零啊！」非常有金錢概念的安西雅說。

「找零？妳夠了沒有！」主人說。「快出去，我沒有帶你們去警察局，讓他們調查錢的來路，你們就該謝天謝地了。」

＊

這些小小的大財主們，在鎮裡的城堡公園裡把麵包吃完了。這些攙有許多葡萄乾的麵包，就像變魔術般，讓大家飽足了精神。雖然如此，但是一想到還要去〈撒拉遜人首領之家〉去交易馬車的事，即使連這一群中最大膽的那個孩子，心情都有些鬱悶。

男孩們想取消購買馬車的計畫，但是，珍是一個總認為往後會發生好事的那一型，而安西雅又是對已經說出去的話有始有終的那一型，所以，女孩們都沒有打消買馬車的念頭。

雖然這一行四人已變得非常骯髒，但最後還是決定去〈撒拉遜人首領之家〉。就如同在馬車出租店成功地租到小型馬車般，在這裡他們仍採取了後門進攻法。皮斯曼先生當時就在後庭。

羅伯特是這樣開口說的：

「聽說你這裡販賣馬及馬車。」

讓羅伯特成為代表人選，是四人一起決定的事。因為書裡面寫著去購買馬匹的人都是男性而不是女性，而且西里爾已在〈藍豬之家〉試過他的能力了。

「小弟弟，你說的沒錯。」皮斯曼先生說。

這人身材高大修長，眼睛非常藍，緊緊地閉著薄薄的雙唇。

「我們想買一部。」羅伯特謹慎禮貌地說著。

「可以。」

「能看一下嗎？我們想從中選一部。」

「你想逗弄誰呀？是誰派你出來這麼做的？」皮斯曼先生問道。

「是我們自己想買馬和馬車的！我們聽說你是位誠實又有禮貌的人，可是，看你這種樣子，好像那人弄錯了呢！」

「這是什麼話！」皮斯曼先生說。「你們是要我把馬房裡的馬一一牽出來給各位過目呢？還是，派人到馬教練場選一、二頭能讓你們滿意的馬呢？」

「請吧！」羅伯特說。「如果不會太麻煩的話，我希望是如此啦！」

皮斯曼先生把手塞進口袋大聲地笑著。這樣大笑的模樣讓孩子們非常不順眼。然後，皮斯曼先生大聲叫著——「威廉！」

腰已彎曲的年邁馬夫，從馬房入口探出臉來。

「喂，威廉，你看看這位可愛的公爵，他要連帶馬房、馬、窩棚、道具統統買起來呢。我打賭，如果他的口袋裡能有二便士（英國輔幣單位），我就死給你看！」

威廉以輕蔑的表情看著老闆所指的孩子們說：「哈，我看他有沒有一文錢。」

女孩們拉著羅伯特的上衣「好啦，我們走吧！」頻頻請求似地說道，但是，羅伯特這時候已經非常生氣了。

「我不是什麼年輕公爵，更沒有故意假裝自己是！而且，你又說我連二便士都沒有，這又是什麼意思？」

然後，在其他孩子們還來不及阻止前，羅伯特就從袋中拿出兩手滿滿的金幣，伸手到皮斯曼先生的眼前。

皮斯曼先生睜大了眼睛，並急忙拿起其中一枚金幣咬咬看。

這時，珍心想皮斯曼先生一定會說「好吧，從我的馬房內牽走最棒的一匹馬吧」。所以靜靜地看著。

但是，皮斯曼先生沒有這樣說，而是說：

「威廉，把後庭的柵門關起來。」

「再見！」羅伯特急忙說道。「不管你怎麼說，我都不會再買你的馬了！後悔也來不及啦。知道了沒有。希望往後多注意自己的言行舉止。」

羅伯特早已看到有一扇小柵門是開著的，所以這樣說著往那個方向走去。但是，卻被皮斯曼先生攔住了。

「哎呀，不要這麼急嘛，你們這些不良少年集團！」皮斯曼先生說道。

「威廉，叫警察來！」

威廉走出去了。

孩子們就像畏懼的小羊般聚在一起站著不動。而且皮斯曼先生在警察還沒到達前，一直對這四個人不斷以長篇大論說教。其中，皮斯曼先生還說了這樣的話：

「想拿金幣來收買我這種誠實的人，你們眞是些厚臉皮的孩子。」

「那是我們的金幣呀！」

西里爾鼓起勇氣說道。

「噢，是嗎？那當然囉！你們甚至把女孩子都拖進來。喂，你們如果乖乖地到警察局去，我就把女孩們放走，怎麼樣啊？」

「如果不讓男孩子們和我們一起走，那麼我們也不走！」珍勇敢地向他頂嘴道。「這些錢是我們共同所擁有的東西。壞心眼的老頭子！」

「那麼，你們是從哪兒得來這些東西的呢？」

雖然男孩子們感到有些意外，但是，被珍說了壞話的皮斯曼先生，卻以比剛剛稍微溫和的語調問他們。

珍靜靜地不說一句話，並且以困擾的表情看著其他孩子們。

「怎麼了，沒辦法回答了是嗎？說別人壞話時倒是滿行的嘛。來，說說看，是從哪兒弄來的呢？」

「從砂石場……」珍如此說道，而這也是事實。

「哦，接下來呢！」

「是眞的！那裡有一隻精靈——整個身體長滿了褐色毛——有一雙像蝙蝠般的耳朵、蝸牛般的眼睛——而且，一天讓我們說出一個願望，只要說出來都會變成事實哦！」

「這孩子頭腦有些不清楚哩……」皮斯曼先生說道。「你們這些混帳東西，竟然把精神錯亂的可憐孩子都捲進這種可怕的偷竊行爲內，眞是豈有此理。」

「她沒有精神錯亂，」站在旁邊的安西雅說：「她是在說眞實的事情啊。確實是有精靈。下次如果再碰到牠，我一定會從牠那裡要一件可當證物的東西，你給我記住哦！」

「哇，眞是嚇一跳，原來這裡又有一個精神有問題的孩子！」皮斯曼先生說。

這時，威廉露出不懷好意的笑容回來了，後面跟著警察先生。皮斯曼先生熱誠地和警察先生細聲長談著。警察先生說話了。

「我也這麼認爲。無論如何，因爲有不法持有的嫌疑，所以有必要進一步訊問，這些孩子要帶到局裡去了。往後，會有法官來裁判，有精神病的，會送去精神病院，少年們就會送到少年感化院。來，你們這些孩子都過來吧！你們吵嚷也沒有用。皮斯曼先生，請你帶著女孩子走，讓我來帶男孩子吧！」

由於生氣恐懼而沒有開口的這四個孩子，被他們帶領著走在羅斯塔街道。因又悔恨又感到羞恥，使得他們的眼淚充滿了整個眼眶，羅伯特還因而咚一聲撞到了一位路人，但並沒注意到是什麼人。

但是，這位路人以熟悉的聲音說話了：

「哎呀呀，到底怎麼一回事啊？羅伯特少爺，你在這裡做什麼呀？」

然後，另一個熟悉的聲音又說：

「安琪、安琪、抱抱！」

西里爾他們撞到的是瑪莎和小弟。

那時候瑪莎的舉動眞是太了不起了。瑪莎對警察及皮斯曼先生說的話一句也不相信。即使他們兩人翻開羅伯特的口袋給她看金幣，瑪莎仍絲毫沒有相信他們的樣子。

「絕對不會有這種事的。我看你們兩人才是精神錯亂呢！」瑪莎說著。「哪裡有什麼金幣呢——口袋裡有的只是一雙髒兮兮的黑手啊。哎呀，他們這樣對待你們，眞是太可惡了！」

孩子們認爲，可能是女傭在說謊，但仍高興他們終於有指望了，但是後來才想起『砂之精靈』和他們之間的約定。『砂之精靈』曾保證，不會讓女傭們察覺到他送給孩子們的任何禮物，

就因如此，瑪莎才看不見金幣，其實瑪莎說的全是事實，她並沒有說謊。

當大夥被帶到警察局時，天色已經黑了。進入警察局大門一看，裡面是空蕩蕩的房間，角落裡有一間利用不像樣的門檻圍住嬰兒床似的，關住做壞事的人的小房間。警察先生對坐在辦公桌前的警官先生說話了。

「讓他們把那些金幣拿出來。」警官先生說道。

「把你的口袋翻過來！」警察先生說著。

到了這地步，西里爾也已自暴自棄的把手塞入口袋，然後，一動不動地站了一會兒，不久，終於笑了出來——那是像痛苦的哭笑般的笑容。西里爾的口袋是空空的，而其他孩子們的口袋也是空空的。隨著黃昏的到來，魔術金幣已經消失無蹤了。

「快翻開口袋，不要再笑了。」警官先生說著。

西里爾把衣服上的九個口袋，全部翻開來給他看。每一個口袋都是空的。

「這到底是怎麼一回事？」警官先生大叫道。

「你們這些小鬼想用騙術！」警察先生說道。「這些小鬼頭玩什麼花樣，我是不清楚啦！可是剛才帶他們過來時，我們可是儘量不讓別人圍觀、不妨礙交通，而且一直讓他們走在前頭，而我們一邊守著、一邊走過來的。」

「這不是太不可思議了嗎？」警察先生皺著眉頭說。

瑪莎這時非常地生氣。

「如果你們到此結束亂抓無辜孩子們的遊戲的話，那麼我想雇用一部馬車，回到孩子們父親的宅第去了。然後，這位年輕先生，關於今天這件事，往後會再來請教一番的——我剛才明明說過根本沒有什麼金幣，可是你卻硬說這些孩子拿著，這件事你要怎麼解釋呢？天色都還沒暗，可是你這位值勤的警察先生卻看到不存在的東西。另外，這位先生，我不說大家就已經很明白了。開著叫什麼〈撒拉遜人首領之家〉的店，現在你總算明白，在自己店裡賣的酒是什麼樣的酒了吧！」

「啊，妳可以把孩子們帶出去了！」警察先生有些生氣似地說著。

因此，瑪莎和孩子們走出了警察局，此時聽到警官先生以比剛才對瑪莎說話的聲調高出二十倍的聲音對警察先生及皮斯曼先生罵道：「這到底是怎麼一回事啊！」

瑪莎做到了剛才在警察局裡所說的話。孩子們搭乘一部很氣派的馬車回家了。那是因爲共乘的郵局馬車已經走掉了。雖然瑪莎在警察局裡是那麼賣力地幫孩子們說話，但是當旁邊沒有人時，卻非常生氣地說：「擅自跑去羅斯塔鎮遊蕩。」所以孩子們無法向瑪莎開口說，橋頭正有一部漂亮的小型馬車在等著。

讓他們擁有無數金錢的這一天就這樣結束了，而孩子們不但被罵得悽慘，又被懲罰不讓他們吃晚餐。那天他們所買到的東西是，內側已髒成黑色的兩組手套，因戴手套時的手已經非常烏黑了，以及假的鱷魚皮手提袋一件，再來就是十二個點心麵包，而它們早在肚子裡消化掉了。

西里爾他們最感擔心的是，黃昏以後是不是就連送給馬車出租店老板艾斯．克里斯賓老先生的金幣，也一起消失了呢。所以，在第二天，這四人為了去向當時在橋頭等待他們的車夫老爺道歉，順便去探聽金幣的事，因而走出了家門。當他們到達店內時，克里斯賓老先生非常和藹可親的對待他們，原來那枚金幣並沒有消失。老先生在金幣上鑽了一個孔，把它掛在錶鏈上。

然後，孩子們想，被那個壞心眼的麵包店老板搶走的金幣，消失與否，已不關他們的事了。孩子們會有這種想法，也是可以理解的。

但是，直到後來仍對此事放心不下的安西雅，偷偷地將貼有郵票的信封寄到「羅斯塔市麵包店比爾先生」處去了。裡面裝著「點心麵包錢」。

其實我希望送給麵包店老板的金幣消失掉。因為他不是好人，而且，大部分的正派麵包店老板，只要給他六便士就會給七個麵包。

# 3 可愛的孩子

擁有無數個金幣，但只買到兩雙棉織手套、十二個點心麵包、仿冒的鱷魚皮手提袋。搭乘小型馬車發生這件事後的第三天早晨，當孩子們起床時，並不是很有精神。

前幾天，早晨醒來時，都會因爲能向沙米亞德許願而興奮不已。這麼算來他們的兩個願望都已經結束了。那就是美麗與財富。任何一種願望都沒有帶給孩子們幸福。而且，雖然發生了許多不可思議的事，但它們卻不是愉快的記憶，因爲一整天他們都沒有吃到一頓飯。第二天雖然吃到前一天的剩菜剩飯，但它仍然不是件快樂的事。

在早餐時間之前他們沒能說上任何話，因爲四個人都睡了懶覺，後來當他們醒來時，已到了用餐時間。他們用盡全身的力氣把衣服穿好後，在好不容易只遲到十分鐘的情形下，來到了餐桌邊。後來，他們本想商量一些有關沙米亞德的事，但是，因必須照顧小弟用餐，所以什麼話都無法講清楚。

這天早上小弟特別有活力。他不是從寶寶椅上滑下來時讓頭卡在上面弄得臉色發紫，就是突然拿著大湯匙猛敲西里爾的頭，當被取回那個湯匙時，又哇哇地哭個不停。所以，大夥的談話內容就變成了下面這個樣子了——

「對了，那個沙米亞德，哎呀，危險啊，會打翻牛奶啦！」

然後，牛奶移到了安全的地方後——

「是，那件事情啦——不行，小弟，把湯匙給安琪姊姊！」

「我們怎麼老是碰到奇怪的事呢——哎呀，他這次在抓芥末了！」

「這次還不如請求牠——哎呀，完蛋了，小弟！」

當他們看到小小的拳頭和玻璃缸撞擊的那一剎那，桌上正中央的金魚缸往旁邊傾斜，而裡面的水和金魚，以及一些亂七八糟的東西，全部流到四人的膝蓋上去了。

每個人都像流出魚缸的金魚般地慌張。其中最冷靜的是小弟。在其他人擦著地板上的水，抓起張著嘴亂碰亂跳的金魚放回魚缸的當兒，瑪莎已把小弟帶去換衣服了。其他孩子也都要從裡褲開始完全換掉。這時把被金魚水浸濕的圍裙及上衣放在一邊晾乾，另外找新的衣服時，珍知道昨天不小心在衣服上開了個大洞。

這麼一來，她除了立刻在衣服上縫個補釘，或穿著外出時穿的裡褲，乖乖地一整天待在家中外，沒有其他辦法了。所謂的外出裡褲，是全白柔軟縫著蕾絲的漂亮衣服，像一般服飾般漂亮。

但是裡褲就是個裡褲，絕對不能穿著它直接出門。而且，瑪莎對這種事又非常嘮叨。

瑪莎不但不准珍穿著外出服，連羅伯特提議可讓她穿上外出裡褲到外面去的話，也假裝沒有聽見。「太不體面。」瑪莎說道。雖然又有人提及關於體面的事，但到頭來也都絕望了。相信各位不久之後也會發現這件事。

因此，珍除了縫補這個大破洞外已沒有其他辦法了。這個破洞是昨天在羅斯塔，走在灑水車通過的道路時，不小心跌倒所造成的。小膝蓋上也有一點擦傷，她所穿的長襪子也破了洞，裙子上的破洞和珍膝蓋上的擦傷，都是同一塊石頭所搗的鬼。

當然，其他的孩子絕對不是會丟下可憐夥伴而不管的卑鄙小人，所以四個人就坐在庭院日晷周圍的草坪上，而珍被兄弟姊妹圍繞著拚命地縫補著大破洞。小弟被瑪莎抱去換衣服不在，四個人總算有了說話的時間。

安西雅及羅伯特在內心深處想著，沙米亞德是靠不住的精靈，但是並沒有把這種想法說出來。這時西里爾說道：「幹嘛——想到什麼就講出來呀！我最討厭有人以『我自己也不清楚』這種樣子裝模作樣了。」

因為這關係著個人名譽，所以當羅伯特聽到此話時清楚地說道：

「誰裝模作樣了？你在亂說。我們只是沒像你和珍一樣弄得滿身是金魚，所以馬上換好衣服，比較有時間思考罷了。所以，若你們想知道我們所想的，也可以講給你們聽啊——」

「我才沒說想聽哦。」珍用牙齒咬斷線說。雖然大人常說絕不可以用牙齒咬斷線。

「不管想或不想知道，這其實也無關緊要啦，剛才和安西雅談過話後，忽然覺得沙米亞德是非常壞心眼的東西。」羅伯特說道。「沙米亞德能替我們達成願望的話，那麼一定也能實現自己的心願，所以，牠一定是希望我們的事都不順利。所以說嘛，我們不要再管牠那種小子，自己去白堊場玩戰爭遊戲好了啦！」

但是，西里爾與珍仍有尚未達成的心願。兩人就如此說道。

「我不認爲沙米亞德會故意去這麼做。」西里爾說。「而且，向牠要求擁有無數金幣，這本身就是件錯誤的事啊。要求小額的二先令銀幣，共五十英鎊，這還比較聰明呢！再來，像花般美麗這種話，多麼愚蠢啊。雖然我不想講這些難聽的話，可是這些事情確實是不太聰明呀！所以，下次一定要想出一個眞正懂得其含意的願望之後，再向沙米亞德許願好嗎？」

珍放下手中的工作後也說道：「我也這麼想。好不容易遇到了這麼珍奇的事，然而不去試一試就放棄，這眞的太傻了。我除了在童話故事中看過能實現夢想外，從來沒有聽別人說過呢。我相信除了昨天及前天請求的事情之外，一定有更値得我們去許的願望。所以，爲何不去仔細想一個能眞正使我們感到快樂的願望？」

說著，珍又開始專心縫補著破洞。但是，時間卻一分一秒的過去了。後來大家就你一句我一句的說個不停。假如你當時在這個現場，一定會因爲太過嘈雜而不知道他們到底在說些什麼。但是，這四個人總是喜歡這樣大夥一起講話，所以都能一邊說話一邊又聽別人講話。

在這樣的吵鬧聲中所做出的結論是，向沙米亞德要求共值五十英鎊的小額的二先令銀幣是個不錯的構想。然而，當珍好不容易補好長圍裙時，這些認爲沒有一個願望是不能實現的快樂小朋友們，爲了向沙米亞德許願，急忙朝向砂石場走去。

但是，在大門處被瑪莎逮個正著，並要他們帶著小弟一起走。

「不想帶他去！這算什麼話嘛。這麼可愛的小孩，每個人都想帶在身邊走呢。那是非常快樂的一件事。你們不是和夫人說好每天都要帶小弟去外面的嗎？」瑪莎說道。

「有是有啦！」羅伯特有些失望地說。「但是，也要等小弟再長大一點啊，這樣一起走路才有趣嘛。」

「他不久就會長大的啦。而且，他已經稍微會走路啦，他那胖呼呼的樣子多可愛呢。外面的新鮮空氣對小弟來說是一種特效藥哦，眞的。」

瑪莎說著在小弟的臉頰輕吻後，把他塞入安西雅的雙臂，就回去縫製新的長圍裙了。

小弟高興地一直叫著「安琪」，或趴在羅伯特的背上大聲喊叫，不然就是想把小石頭塞入珍的口中，無論如何，都因小弟的動作太過可愛，使大夥不一會兒工夫就不再後悔帶小弟一同出來的這件事。

對任何事都很容易專心的珍，爲了使小弟高興，竟然向大夥說，讓沙米亞德把他們一星期的願望全部一起實現，那麼就能像童話故事中的好精靈送給王子許多東西般，也送給小弟許多的禮物。但是，因爲安西雅是個冷靜的孩子，所以對珍解釋說，沙米亞德所給的東西只能維持到黃昏就會消失，所以它們無法留存到小弟長大。所以珍心想，還是應該向沙米亞德要求五十英鎊之多的二先令銀幣，從中買一部出現在百貨公司廣告中的三英鎊十五先令的木馬送給小弟比較恰當。

孩子們已經決定，如果再拿到他們所希望得到的金錢，那麼立刻再到克里斯賓老先生的店，租馬車到羅斯塔——萬一他們說不可以只有小孩子去時，就把瑪莎也帶去。但是，在出門前必須先列好購物清單才可。他們四個人的心中充滿了希望，並且預定了許多令人興奮的事，他們沿著馬車道慢慢走下砂石場。

但是，當他們走在砂石堆成的小山之間時，突然想到了一件事。

上次向沙米亞德要求數不清的——幾萬枚閃閃發亮的金幣時，沙米亞德對大夥說如果不想讓沈重的金幣給活埋的話，最好趕快離開那個大洞。所以孩子們就跑走了，而沒像前一天般在沙米亞德鑽進去的地方，用小石頭做記號。

四人呆呆地站著互相對看著。

「沒關係啦，一定會很快找到的。」從來都不會失望的珍說道。

雖然剛才說的很容易，但實際上卻沒那麼順利。四個人不停地到處尋找著。大夥的鐵鏟很快就找到了，但卻沒有沙米亞德的蹤影。大家終於坐下來了。當然，不是因爲疲倦或失望，而是小弟一直吵著要下來，所以沒辦法只好把他放下來。而且你想想看，要照顧小寶寶，又要在沙地裡找東西，這哪是件容易的事呢。

小弟就像瑪莎所說般，呼吸到鄉村的新鮮空氣後，就變得非常有活力，並且像隻蟋蟀似的跳來跳去。而每個大孩子們心裡都在想，這次碰到沙米亞德時，應該如何去許願。但是小弟卻想在沙地上大鬧一番了。他趁大家不注意時握了一把沙子丟在安西雅的臉上，然後，突然間把頭鑽入沙堆中吧嗒吧嗒地揮動著雙腳。當然，沙粒跑進了安西雅的眼裡，也跑進了小弟的眼中。小弟弟「哇」一聲開始大哭了。

羅伯特總是很容易感覺到口渴。所以聰明的羅伯特，早預料到今天一定也會口渴，因此帶了一罐沒有瓶口的薑汁汽水。他急忙打開易開罐的塞子。畢竟手邊只有這罐汽水最接近水，打開後立刻拿來沖洗小弟的眼睛。但是，這罐薑汁汽水中的薑汁深深的刺痛了眼睛。

後來小弟更是吧嗒吧嗒地踢動著雙腳大鬧，把好喝的薑汁汽水都踢翻了，而這些汽水一邊冒著氣泡一邊被吸入沙粒中消失無蹤了。

平常對任何事都極有耐心的羅伯特，終於大發雷霆地說道：

「是誰說想帶他出來玩呢！都是瑪莎不好，一直吵著要我們帶他出去。其實，瑪莎她自己也不喜歡小弟，不然，她為什麼不自己照顧呢。這小子是個大搗蛋鬼。啊，對了，眞希望出現一個非常非常想要這孩子的人，那該有多好。我眞的希望如此，不知道能不能達成這種願望，這麼一來，我們就可以眞的靜下來完成一些事了。」

小弟已經停止哭泣了。要從小寶寶的眼睛中取出某種東西時，有一種方法是沒有任何危險的。珍剛剛想出了這個方法，那就是利用柔軟的舌頭去舔寶寶的眼睛。只要自己眞的愛這個寶寶，那麼立刻就能這麼做了。

因為小弟已經安靜下來，所以大家也暫時沒說一句話。羅伯特對剛才自己發脾氣一事感到有些慚愧，而其他人也認為羅伯特所說的話確實有些過分。

這時突然從後面傳來很大的呼氣聲——孩子們一起回頭看。就像大家的鼻子一起被線連起來似的，而某人突然拉住這條線。他們看到沙米亞德滿是毛的臉上露出了愉快的表情。

「早安，」沙米亞德說道：「今天，很輕鬆的幫你們達成了願望。以後，大家都會想要這個孩子的。」

「不行，不論別人多麼想要他——」羅伯特生氣地說道。羅伯特因爲自己說了很過分的話，所以心情非常壞。「這裡沒有其他人啊！」

「忘恩負義是最大的缺點！」沙米亞德說道。

「我們不是忘恩負義的人！」珍急忙說道。「但是，我們眞的不希望許這個願啊。羅伯特只不過是說溜了嘴。能不能取消剛才那個而許其他的願望呢？」

「不——不行！」沙米亞德簡單地回答道。「說了又後悔這是不行的。你們要許願時，必須想清楚才可以說的。從前有一個男孩，他曾要求不要蛇頸龍而要換成魚龍，因爲他是一個做事怕麻煩，又連每天使用的東西名稱都無法記住的孩子，所以這孩子的父親非常生氣，不讓他吃晚飯就得去睡覺，雖然第二天學校有遠足，但他仍不被允許和其他孩子一樣搭乘石頭船去玩——這孩子在遠足那天早晨來到我的旁邊吧嗒吧嗒地跺著腳說，眞想死了算了。當然啊，這孩子確實就死掉了。」

「哦，好恐怖！」孩子們異口同聲地說著。

「當然，這也是只到黃昏而已啦！可是，父親和母親都嚇了一大跳。所以當孩子醒來後，被罵了一頓。那孩子沒有變成石頭，但是我已忘記他爲何沒有變成石頭了。無論如何，是有它的原因。而且，那個孩子由於使父母親受到了驚嚇，所以從此之後整整一個月都不讓他吃大懶獸。所以他在那些日子中所吃的是，像牡蠣及螺旋貝等沒價值的東西。」
四個孩子聽了這可怕的故事後緊緊地捲在一起。四個人有些害怕地看著沙米亞德。
這時，小弟突然注意到坐在旁邊，全身都是褐色毛的東西，所以喃喃自語著：「喵、喵、喵、喵」並且想抓住沙米亞德。
「不是貓咪啦！」安西雅阻止小弟時，沙米亞德已經往後跳開了。
「哎呀！不要讓他摸到我！這小子是濕的。」
沙米亞德全身的毛都豎立起來了。小弟的藍色衣服已被薑汁汽水弄濕了。
沙米亞德以雙手雙腳迅速挖了洞，不一會兒就消失在沙塵中了。
孩子們在牠消失的地方用石子做了記號。

*

「我們還是回家吧！」羅伯特說道。「是我不好，反正，今天雖然沒有發生什麼好事，但也沒有遇到壞事啊！而且，我們也已經知道沙米亞德在那裡了不是嗎？」
很慶幸地，其他的孩子也沒有責備羅伯特。西里爾揹起了已變得乖巧的小弟。然後大家開始走在沒有任何危險的馬車道上。砂石場的馬車道，一到頂端就連著通往村子的路。
在這條路的柵門處，爲了把西里爾背上的小弟移到羅伯特背上，所以大夥都停了下來。

這時來了一輛非常氣派的沒有車篷的馬車。前座上坐著車夫和一個男的，而後面則坐著一位女性，全身都由白色蕾絲和紅色緞帶裝飾著，陽傘也是紅色和白色，膝蓋上有一隻有白色柔軟毛的狗，也在頸子上綁著紅色緞帶，那種模樣確實像個有錢人家的太太。女士望著孩子們，又望向小弟，然後輕輕微笑。孩子們已經非常習慣於這種場面，就如同瑪莎所說，小弟是個「極討人喜歡」的孩子。

所以，孩子們很有禮貌地向那位女士揮著手，等待他們的馬車經過。但是，她卻讓馬車停了下來，然後向西里爾招手示意著讓西里爾走到她那裡，當西里爾走過去時，她說道：

「哎呀，多可愛的小弟弟呀！好想讓他做我的養子呢！如果我把他帶走，你媽媽會不會說不呢？」

「當然會說不囉！」安西雅斬釘截鐵地回答道。

「可是，我會讓他在富裕的環境中長大。我是奇旦夫人。你們在報紙上看過我的照片吧？世人都說我是個大美人兒，雖然這些話聽起來很無聊，可是，無論如何——」

然後，奇旦夫人打開馬車門跳了下來。夫人穿著配有銀釦的非常漂亮的紅鞋。

「讓我抱一下下好嗎？」說著，夫人接過小弟，就像不懂得如何抱小孩似的，十分笨拙地抱著小弟。

突然，她抱著孩子跳進了馬車，碰一聲把門關起來說道：「馬車出發吧！」因小弟大聲地哭了出來，而狗也吠個不停，所以車夫稍微猶豫了一下。

「我說快走啊！」夫人大聲叫著。

馬車開始奔馳著，後來車夫說，如果再不走他的飯碗就會保不住。

四個孩子互相對看著，然後一口氣跑過去緊緊纏住了馬車的後方。馬車揚起灰塵喀喀喀地奔馳著，而四個孩子的腳卻隨著馬車輪子，飛快地踏著慌亂的步伐。

小弟愈哭愈大聲，但是不久之後卻變成了抽泣聲，過了一會兒又完全靜了下來。大家心想，小弟可能已經睡著了。

馬車繼續奔馳著，而當跟在後方，在灰塵中急促擺動著的八條腿變成像木棒一樣僵硬時，馬車終於停在一個非常漂亮的莊園門口處。當孩子們蹲在後面時，夫人從馬車上走了下來。夫人望著睡在馬車上的小弟，暫時止步，「可愛的孩子，我還是不要叫醒你好了！」說著，進入小屋內，向住在那裡的女人說了些什麼話。

這時，車夫和隨從自前座上跳下來，到小弟睡著的座位邊彎下腰來看他。

「眞是漂亮的小寶寶哩，眞希望是自己的孩子呢！」車夫說。

「他怎麼會親近你這種人呢?對你來說,他太過完美了。」那個男隨從沒好氣地說。

車夫假裝沒有聽到地說:「夫人到底是怎麼一回事呢?眞是!她一向最討厭小孩的,不是嗎?她不但沒有一個自己的孩子,而且,對別人的孩子更是討厭到極點,這就是她的天性啊!」

蹲在馬車下面的四個孩子,非常擔心似地互相對看著。

車夫好似已下定決心般說道:「喂,我已經想好一個方法了。我要把他藏在路邊的樹蔭下,然後告訴夫人,是被他那些兄弟們帶走了。之後,我再回來帶他。」

「不,不能讓你這麼做!」男隨從如此說道。「我從來沒有這樣地喜歡過一個小孩,能夠得到這孩子的人應該是我。」

「閉嘴!你這個人那裡會需要孩子呢。像你,會分辨出誰是誰嗎?可是我不一樣啊,我是個有家庭的人,只要看一眼,就連他的血統都可猜得出來。看到優良血統的孩子時,我立刻就知道。這孩子還是由我帶走,我不想再和你強辯了。」

「喂,我認爲你們家小鬼已經夠多了呀!」男隨從有些瞧不起地說。「艾佛啦、亞伯啦、路易斯啦、彼得啦、海倫啦,馬上又會再生一個——」

車夫往隨從的下巴狠狠的揮了一拳,隨從也往車夫的腰踹了一腳,不久兩個男人就你來我往地繞著全場毆打成一團。而小狗也跳到駕駛座上瘋了似地吠個不停。

從剛才就一直蹲在塵土中的西里爾，往兩個人打成一團的反方向爬過去，打開馬車的門——兩個男人熱中於打架所以沒有注意到——他將睡著的小弟抱在雙手，彎下背急忙往路邊的樹籬處走去。樹籬的內部就是森林。

其他孩子們也跟在後面。當他們跨過樹籬的柵欄後，就躲入長在榛樹、橡樹、栗樹之間氣味濃厚的羊齒草蔭下靜靜屏息著。不久，兩個男人的叫聲被奇旦夫人更加刺耳的尖叫聲掩蓋住了。後來，這三人拚命找尋著，最後終於搭上馬車疾馳而去。

當車輪聲消失後，西里爾鬆了一口氣地說道：

「哎呀，真嚇我一跳！看這情形，好像每個人都想要我們的小弟呢。沙米亞德這小子又幹了好事！這小子又討厭又不得不讓人提防！無論如何，還是快點把小弟帶回家吧！」

當這四人往樹籬外窺視時，兩邊都是荒涼的白色道路，不過他們仍鼓起勇氣走出來。

安西雅抱著已睡著了的小弟。

但是在回程，危險仍然緊隨著這四人。揹著薪材走來的男孩，將薪材放在路旁，要求看一下小弟的臉，並說要幫忙抱小弟，然而，因安西雅已經有了前次的頭痛經驗，所以並沒上當。當他們繼續往前走時，那男孩仍一直跟在後面，不論做什麼，這男孩都不走開，所以西里爾和羅伯特同時揮拳揍他，好不容易把他攆走了。

後來，又有一個穿著藍白相間長裙的小女孩，一邊叫著「寶寶給我」一直追跑了大約半公里路。西里爾他們以恐怖的表情嚇唬她說：「要用手帕連結起來的繩子，把妳綁在大樹上，等天黑了就會出現大熊把妳吃掉！」這女孩聽到後就哭著回去了。

如此一來，大夥不久就領悟到，只要有人走來，立刻躲進森林裡去，才是上上策。在這種情形下，他們安然躲過了賣牛奶的人、石匠，以及拉貨運馬車的男子。

後來，當他們來到距家不遠處時，發生了一件大事。正好彎過彎道時，西里爾他們看到二輛大車篷馬車、一個帳棚，及正在那裡紮營的吉普賽人。

馬車的周圍吊著籐椅、搖籃、花盆及汗衫等物品。一旁有一大群穿著破衣服的孩子們拚命地用泥土搓揉著饅頭，而草地上有兩個男人躺在那裡吸菸。有三個女人在蓋子破損的大缸及紅噴壺周圍洗著衣服。不一會兒工夫，男的女的以及孩子們，也就是所有的吉普賽人，全都圍繞在安西雅及小弟旁邊。

「讓我抱抱小弟嘛，小姑娘，我不會讓他受到一丁點傷害的。這孩子就像畫一樣可愛呢！」有淺黑膚色及淺褐色頭髮的吉普賽女郎說道。

「不要！」安西雅說道。

「讓我來抱他吧！」一位膚色仍是淺黑，而黑色鬈髮已變得油漬漬的女人說道：「我自己有十九個小孩，眞的哦！」

「不行！」安西雅雖然固執地說著，但她那顆心卻急速跳動著，幾乎快要喘不上氣來了。

這時有一個男人走了出來。

「這是誰呀！」這男人說。「他不就是我那個被綁架的孩子嗎！他的左耳有草莓形狀的痣嗎？什麼，沒有？那他一定是我的孩子。他在剛出生不久就被綁架了。拿來這裡，我不會去報警的。」

因爲這男人從安西雅的手中搶走了小弟，所以安西雅脹紅著臉悔恨地哭了出來。

其他三人呆呆地站在那裡，他們從來未遇見過這麼可怕的事。在羅斯塔被帶去警察局的事，跟現在比起來也根本不算什麼。西里爾臉色蒼白，那雙手還有些顫抖。但是西里爾對其他孩子們暗示安靜下來後，靜靜的想了一會兒。

然後，西里爾說道：「假如是你的孩子，我們可以給你，但是，你看，這孩子已經習慣我們了。若你無論如何都想要這孩子，我們也可以送你。」

「不行啊！不行啊！」安西雅大叫了。

西里爾瞪眼看她，表示叫她閉嘴。

「當然想要啦！」女人們想從男人手中把小弟搶過去。

小弟大聲哭了出來。

「哎呀，你把他弄痛了啦！」

因安西雅以尖銳的聲音喊叫，所以西里爾以恐怖的聲音說「閉嘴！」然後向兄弟姊妹們耳語「交給我來辦」，之後又轉向吉普賽人。

「是這樣子啦……小弟看到不認識的人會特別怕生，所以讓我們在這裡陪他一會兒，直到他熟悉你們爲止好嗎？等小弟睡著後，你們仍想要小弟時，我一定會把他送給你們。至於由誰來做小弟的父母，可等我們走了之後再由你們自己決定啊！」

「嗯，這主意還不錯！」

抱著小弟的男子一邊說著，一邊拚命試著鬆開被小弟用力拉著的頸子上的紅色手帕。

吉普賽人們聚集在一起嘰嘰喳喳說個不停。

西里爾也趁機對兄弟們細聲說道：「等太陽下山後，我們就可逃了。」

在這種慌亂中西里爾還記得這件事，眞讓其他孩子們佩服不已。

「那麼，小弟由我來抱好了！」珍說道。

「我們會坐在這裡照顧小弟，直到他熟悉你們爲止。」

「午餐怎麼辦呢？」

這時羅伯特突然說道。其他孩子們彷彿瞧不起似的看著羅伯特。

「什麼嘛，還有心情講午餐的事啊。你親愛的弟——哦不——那小孩——」

珍生氣地嘟囔著。

但是羅伯特仍像暗示什麼似的看了看他們，並向吉普賽人說道：

「我想回家去拿點吃的，可以吧？會放在籃子裡帶過來的。」

西里爾他們對羅伯特的貪吃有些驚訝，因爲他們並不知道羅伯特眞正的想法。

但是，吉普賽人並沒有上他的當。

「嗯，你是想編出他不屬於我而是屬於你們的謊話，並且去帶警察先生來是嗎？你以爲能夠騙得了我嗎？」

「如果餓了就和我們一起吃吧！」有一頭淡色髮絲的吉普賽女郎，以稍微溫和的語調說道。

「好啦，里巴，這孩子一直這樣哭鬧不停的話，會把你衣服釦子扯掉的。還是把孩子交給小姑娘，等到他對我們熟悉了再說吧。」

就這樣，小弟好不容易才回到了兄弟們的手裡，但是因爲吉普賽人把他們團團圍住，所以小弟仍沒有停止哭泣。

這時，繫紅手帕的男子說道：

「喂，波老，你來生火，然後女的就看著鍋子。讓小弟弟緩和一下心情。」

因此，吉普賽人勉強的回到了自己的工作崗位，只剩下小弟及孩子們坐在草地上。

「只要太陽下山就沒問題了。」珍說道。「可是還眞擔心呢。萬一那些人清醒時，非常生氣那怎麼辦？打我們或把我們綁在樹上也說不定哦！」

「不，不會的——」安西雅說道。「哎呀，小弟，你眞乖。不要再哭了，沒關係啦，安琪不是抱著你嗎？那些人不是壞人，如果是，他們就不會說要給我們飯吃呢！」

「飯？他們那些人的髒食物，我連碰都不要碰。吃了會噎住喉嚨的。」

聽羅伯特這麼說後，其他孩子們也都有相同的想法。

但是，一旦看到了食物——因爲早就已經過了午餐時間，所以它倒像是晚餐。孩子們高興的把拿到的東西全都吃光了。那是煮兔肉加洋蔥，以及像雞肉但比雞肉硬、味道很重的食物。

小弟吃的是麵包浸湯後撒上細紅糖的東西。小弟非常喜歡這東西，所以坐在安西雅的膝蓋上，高興地等待著兩個吉普賽女郎把麵包塞入他口中。

當草原上每個人的影子都拉得黑黑長長時，小弟眞的喜歡上了一直陪他玩的淺色髮絲的女郎，因此開始對吉普賽的小朋友們傳送他的飛吻，或像紳士般把手放在胸前表演敬禮給其他人看。所有的吉普賽人都熱衷於小弟的一舉一動。

當吉普賽人鬧哄哄的看著小弟表演時，連西里爾他們都開始有些得意了，但是這四人仍然期待著黃昏的來臨。

「我們最近好像每天都在等待黃昏來臨呢！」西里爾嘟囔著。「我眞希望向牠許一個不希望黃昏來的願望呢！」

在這當兒，影子也愈變愈長了。最後，影子一個個消失，而所有的東西都被一個柔軟的影子所包圍住了。也就是太陽已躲進了山丘的對面——但是，還不算是完全的「日落」。

吉普賽人等得有些不耐煩了。然後，繫紅手帕的男人說道：

「喂，那邊的孩子——就是你們，現在已到了睡覺時間了。小寶寶已經很習慣我們了，你們放心吧。來，把孩子給我，剛才不是已說過嗎，你們可以走了。」

女人及孩子們全部聚集在小弟的四周圍。伸手的伸手、湊臉的湊臉，但是忠實的小弟，對任何人都不多看一眼。小弟在此時，用雙手及雙腳緊緊抱住了正抱著他的珍，然後以極悲傷的聲音，哇哇的哭了出來。

「他這樣也沒用的啦！」一個女人說道。「快把小孩給我吧，小姑娘。我相信他馬上就會停止哭泣的。」

但是，太陽仍然沒有完全沈入地平線。

「講一些哄孩子睡覺時所說的故事給他們聽！」西里爾私語道。

「隨便什麼都可以，只要能消磨時間——然後大家做好太陽一下山就可以逃跑的準備。」

這時安西雅飛快地說道。

「好啦，馬上就會交給你啦。可是，我必須講清楚，這孩子晚上一定要洗澡，而早晨用冷水泡身體。而且晚上洗澡時非要帶著陶磁製的兔子入浴不可。他最不喜歡洗耳朵了，可是，仍要幫他洗乾淨。再來就是，有肥皀跑進眼裡，小弟就會——」

「我會哭哦！」寶寶停止了哭泣，並且邊聽著安西雅的話邊說著。

吉普賽女人笑著：「這些事不重要啦。我也幫孩子洗過澡啊，好啦，把孩子交給我吧。來，弟弟，乖，讓亞美莉抱你！」

「妳走開，討厭！」小弟回答道。

「哦，再來就是關於早餐的事啦——」安西雅繼續說著。

「每天早晨要吃一粒蘋果、一根香蕉，而且一定要給他吃。早餐是麵包和牛奶。點心時間要給他吃雞蛋——」

「我養過十個小孩，」黑色鬈髮的女人說道。「而且別人的孩子我會照顧得更好。來，小姑娘，把那個小孩交給我吧，我已無法再忍耐了，我好想緊緊的抱住他。」

「艾絲，我們還沒決定這孩子該屬於誰呢？」一個男人說道。「所以他才不屬於妳呢！喂，艾絲，妳不是已經有七個孩子了嗎？」

「雖然還沒有決定，可是那又怎麼樣呢？」艾絲的先生說道。

「你是不想聽我所提的意見嗎？」亞美莉的先生說道。

這時，又有一個年輕女孩吉拉說道：

「那麼，我怎麼樣啊，我，孤家寡人一個。我除了那小弟外，不需要照顧任何人。那孩子是屬於我的了。」

「閉嘴！」

「胡扯！」

「不要說得那麼了不起好嗎！」

每個人在這時候都開始生氣了。吉普賽人群把黑色臉皺在一起，不知如何是好。

這時，突然起了變化。就像用一個隱形海綿擦掉吉普賽人的心事般，每個人都張著嘴站在那裡。孩子們注意到太陽眞的已完全下山了，但是，因深恐突然有所動作會引起可怕的事，所以仍沒有動彈。吉普賽人群也有些張惶失措。已僵持了數小時的事情，突然被隱形的海綿完全洗淨，這使得他們無法立刻說出話來。

焦慮的數秒鐘過去了。突然，安西雅鼓起勇氣，把小弟推給那個繫紅手帕的男人。
「請把他帶走吧！」男子倒退了幾步。
「不，他是妳家的小孩，我怎麼可以帶走呢？」男子斥責地說。
「誰想要，我就把我的份讓給他。」另一個男子說道。
「無論如何，我自己的孩子已經夠多了。」艾絲說道。
「可是，這孩子眞的好可愛哦！」亞美莉說道。
目前仍然用愛憐的表情看著啜泣的小弟的人，只剩下亞美莉一人了。
「我可能被太陽曬太久了，所以頭腦有些不清楚呢。我現在已不需要孩子了。」吉拉說道。
「那麼，可以帶走了嗎？」安西雅問道。
「嗯，還是這樣好了！我們沒有意見！」波老恢復精神說道。
然後，吉普賽人又忙碌地做著搭營的事。
只有亞美莉的反應不同。亞美莉把西里爾他們送到路的彎角處並說道：
「讓我親小弟吧，我不明白大夥爲什麼會說那種傻話。世上的人都說吉普賽人會偷別人的孩子，其實那是沒有的事。只是大人發現孩子不聽話時，會以這類的話嚇唬你們。大部分的吉普賽人，對自己的孩子都感厭煩呢。可是我卻失去了我所有的孩子。」

然後，亞美莉向小弟方向彎下腰來，這時小弟靜靜的注視著亞美莉，並且不知哪來的興致，他竟然伸出污黑但柔軟的手摸了摸亞美莉的臉。

「可愛、可愛！」小弟如此說著。

當亞美莉在小弟的臉頰親吻時，他乖巧地讓她親吻，而且，也在亞美莉淺黑色的臉頰回親了她。亞美莉在小弟的額上寫什麼似的以食指筆劃著，然後也同樣在他的胸口、手上、腳上畫著。

「希望這孩子成爲勇敢的孩子，願他有一個聰明的頭腦、愛人的心、勤奮的手、出遠門後能平安回家的堅強的腳。」她這樣說著，並以無法聽懂的奇妙言語喃喃自語，之後又回到一般的言語補充說道：「那麼，再見了——很高興見到你們。」

然後，亞美莉回到自己的家——回到了路邊的帳篷。

孩子們一直目送亞美莉，直到完全看不到她的背影。

當亞美莉的背影消失後，羅伯特說道：

「奇怪，她傻了嗎！太陽已下山，但她還沒有清醒呢，一直說些莫名奇妙的話！」

「嗯，可是我覺得她是個大好人。」西里爾說道。

「好人？那個人好親切哦。我眞喜歡她呢！」安西雅說道。

「是非常非常好的人。」珍也說道。

然後，孩子們回到了家。不但沒趕得上點心時間，更超過了午餐時間。雖然被瑪莎責備了一頓，但是小弟總算安全了。

「喂——我們還是非常寶貝小弟呢！」羅伯特後來如此說道。

「當然啦！」

「可是，太陽下山後就不再寶貝了嗎？」

「還是會寶貝呀！」

「那麼說，就是太陽雖下山，但是那個魔法仍然繼續著，是嗎？」

「不，錯了啦！」西里爾說道。「那跟魔法沒有關係啦。我們在清醒的時候仍非常愛著我們的小弟呢。只是，今早我們有些不懂事罷了。而且，羅伯特，你眞的有些過分了。」

而羅伯特以極平和的心情接受了西里爾的批評。

# 4 翅膀

第二天，下著傾盆大雨，根本無法出門，而且，在這種天氣裡，更無法去拜訪因爲幾千年前弄濕了左邊鬍鬚，而痛到今天的沙米亞德。

這天是個極無聊的漫長日子。午餐後，孩子們突然想到要給媽媽寫信。但是，很不幸地，羅伯特卻把一罐墨水——一罐特大號的墨水瓶——打翻了，而這些墨水又咕嘟咕嘟地流入了安西雅書桌中的秘密抽屜裡。

其實這件事也不能全怪羅伯特。當羅伯特正要拿起墨水罐的一剎那，安西雅正好也打開了抽屜，也就在這時，小弟鑽入書桌下，把那個會發出「嘰」一聲的玩具鳥弄壞了。玩具鳥裡裝著尖銳的針，而小弟就拿著它刺入了羅伯特的腳，羅伯特痛得跳起來才會把墨汁摔出去了。在沒有任何陰謀的情況下，秘密抽屜裡發生了墨汁大洪水，而安西雅那張尚未寫完的信上，也都是被墨水浸透了。

那時羅伯特的信還沒有開始寫，然而羅伯特一邊想著要寫些什麼，一邊還在吸墨紙上畫著船的圖案。之後因打翻了墨水，所以只得幫忙安西雅擦桌子，此外，也不得不向安西雅承諾幫她做一個比以前棒的秘密抽屜。

「現在馬上幫我做啦！」安西雅生氣地說道。

已到郵局馬車經過時間，但羅伯特的信仍沒有寫好。當然，秘密抽屜也並沒有做好。

西里爾在很早就寫好一封長信後，就爲了製作一個出現在《家庭農場》這本書中的蛞蝓撲滅器而出門了。但等郵局馬車經過的時間一到，卻怎麼也找不到這封信到底放在哪裡。（那封信始終沒有找到，可能就是被蛞蝓吃掉了。）

能夠順利寄出去的只有珍的那封信。珍原本打算把沙米亞德的事全部寫在信中。（除珍外，其他人原本也打算寫的）但是，她卻不斷地在思考「精靈」這兩字該怎麼寫？最後，珍的信就變成了下面這種樣子——

最親愛的媽媽：

我們就像媽媽您所吩咐般非常非常地乖巧。小弟雖然得了小感冒，但瑪莎說沒什麼大不了的。昨天早晨他把魚缸打翻了。前幾天到砂石場時，我們一直沿著沒有危險的路走下去。然後——

雖然每個人都清楚地明白自己不會寫精靈這個字，但是仍花了三十分鐘的時間思考，因爲在字典裡也找不到，所以珍只得匆忙結束這封信——。

我們發現了一個不可思議的東西，可是，因爲郵局馬車馬上就要到了，所以我的話也只能說到此了。

珍

PS：如果您許的願能夠實現的話，媽媽，您會許什麼願呢？

這時，因聽到郵差先生以喇叭發出的信號聲，所以羅伯特在雨勢中跑到馬車邊，把信遞給了郵差先生。孩子們原本想寫信告訴母親有關沙米亞德的事，到最後仍沒有讓媽媽知道。

第二天，理查叔叔來訪，並帶著他們所有人——但仍留下了小弟——搭乘小型馬車，到梅德鎮去玩。理查叔叔是位好叔叔，在鎮裡買玩具送他們，而且把他們帶到玩具店時，不但沒有說要選多少錢以內的東西，更沒有說買有用的東西，而只是讓他們選擇自己喜歡的玩具。

然後，叔叔帶他們搭乘小遊艇，渡過美麗的莫特維河，並讓大夥在豪華的咖啡店喝茶。所以當他們回到家時已很晚了，而無法去找沙米亞德許願。

孩子們沒有向叔叔說任何有關沙米亞德的事。

第三天，天氣非常炎熱。晨間新聞之後播報天氣的氣象預報員說，這種天氣是多年來少見的酷熱天氣。那天的天氣預報中雖說「會非常炎熱——並有驟雨」，然而，熱是熱，但是天氣似乎只是熱中於變熱而忘了下雨，所以這天並沒有下雨。

你有沒有在一個晴朗的夏天早晨五點就起床的經驗呢？

安西雅事先做好了能讓自己在五點鐘起床的措施。

這是何種措施呢？就是在晚上入寢時仰躺著把雙手直直地貼緊身體兩側，然後念著「必須五點鐘（或六點、或七點、或八點，任何自己希望的時間）起床！」邊念邊將下巴貼近胸口，以頭去撞枕頭，想幾點起床就撞幾下。當然，是否有效全憑你是否真有此心，若不是真心想在此時起床，那麼即使做了也沒效。當然，就像學外國話及惡作劇那樣，若經過練習，就會進行得更加順利。

安西雅確實在這時間醒過來了。

正當她睜開眼睛之際，聽到餐廳裡的鐘敲了十一下，這時安西雅明白現在是五點三分。這個鐘總是會敲錯時間，但是只要事先知道它會出這種差錯，那麼立刻就會知道正確時間。就如同說外國話的人一樣，只要聽懂他說的單字，就會明白他說的話。安西雅對此鐘的毛病非常了解。

安西雅非常的睏，但是仍從床上跳起，把冷水注入臉盆，並將臉和手浸入其中。如此一來，就像變魔術似的，所有睡意全都消失了。這時，她換好衣服，並隨手摺好，規規矩矩地放在床上，而沒有隨意繞幾圈丟一邊。

她拎著皮鞋悄悄地走下了樓梯，打開餐廳裡的窗跳了下去。雖然從門走出來也是件容易的事，但是利用窗戶比較富有冒險性，而且也不會有被瑪莎發現的危險。

「讓我每天五點起床吧！」安西雅如此想著。

安西雅的胸口撲咚撲咚地跳著。安西雅正要實施這個屬於自己的計畫，但是安西雅並不明白，這算不算好計畫，然而，即使告訴其他孩子們，也不一定能使壞計畫變成好計畫，況且，不管是好是壞，她都打算由她一個人去完成。

走到門外，安西雅穿上皮鞋，並立刻跑去砂石場，當她發現沙米亞德的住處後，就開始用力挖掘，不久就把沙米亞德挖了出來。

沙米亞德非常生氣。

「眞是太過分了！天氣就像是在北極一樣寒冷，而且現在還是半夜呢！」沙米亞德把毛皮膨脹成接近聖誕節時的鴿子一樣並說著。

「對不起！」

安西雅溫柔地說著，並把外套脫下包住沙米亞德的全身，只留下像蝙蝠般的耳朵與蝸牛般的眼睛。

「不好意思，可是這樣包起來確實舒服多了。那麼妳今早要許什麼願呢？」

「我自己也不清楚，」安西雅說道：「這就是我感困擾的地方。對了，以往我們所許的願望並不是進行得很順利，是吧？所以，我想和你商量商量。可是——在我們還沒吃早餐前，不論我們說什麼，都不要把它當成許願項目好嗎？因爲，如果我們所說的話立刻成爲一個願望並實現的話，這會太過危險，使我們連話都說不出來了。」

「妳不希望有願望實現的話就不要許願啊！」沙米亞德說道。「像以前的人，若晚餐時想吃大懶獸，那麼絕不會說成魚龍。」

「我也會儘量避免這種事發生的。所以，拜託你——」

「小心！」沙米亞德以恐怖的聲音提醒她。

這時候，沙米亞德正要開始把身體鼓起來。

「哎呀，剛才要說的不是在許願啦——只是，有些——現在請你先不要鼓起來好嗎？至少等到其他兄弟姊妹來了再說嘛！」

「哎！呀！呀！」

沙米亞德沒有生氣，然而卻抖動著身體。

「嗯——你要不要坐在我的膝上？這一定會比較溫暖，我會輕輕用裙子把你包起來。」

安西雅還以爲，沙米亞德一定不會爬上來坐在膝蓋這種地方，但是，沙米亞德卻這樣做了。

「眞不好意思，妳眞和藹可親。」說著，爬上安西雅的膝上，並坐了下來。

安西雅戰戰兢兢的用手環繞住沙米亞德，把牠抱在膝上。

「然後呢？」沙米亞德問道。

「然後，就是我們以往所許的願都發展得很奇妙啊！」安西雅說道。「所以，你能不能給我們一些建議。因爲你的年紀較大，對任何事都非常了解。」

「我從孩童時期就是個親切的人，而且在醒著時都一直給人們各種東西，但是，我唯一不願給別人的，就是建議。」沙米亞德說道。

「可是，這件事眞的非常非常特別。我知道你爲我們達成了願望，你是個溫柔又親切的人，都是我們自己笨，都拜託些無聊的事，我眞的深表遺憾。」

安西雅想要告訴沙米亞德的，其實是這樣的一件事——但她不願在其他孩子面前說。她不在乎自己被嘲笑，但如果使這些孩子一起成爲笑話，那就不好意思了。

「那麼，」沙米亞德想睡覺似的說道：「如果妳能夠經過考慮後把話說出來，我就可以給妳一些建議——」

「可是，你剛才說你絕不會給別人建議的呀！」

「這種事也不能算是建議啦，而且也沒有人能確保這種事不會發生啊，況且，建議又不是我創造出來的，因爲小學課本裡有啊！」

「那麼……如果我說想要一對可以飛翔的翅膀，這是不是件愚蠢的事呢！」

「翅膀嗎……」沙米亞德說道。

「不會，這不愚蠢，只是要小心，在太陽下山之際不能在高處飛翔。曾經聽說過發生在皇宮所在地尼貝某個男孩身上的一段故事。這男孩是斯納克利布王的兒子。有一個旅客，送一隻沙米亞德給王子，王子把沙米亞德放入王宮庭院裡的沙箱中飼養。當然這樣的待遇對我們來說是一種恥辱。有一天，王子許願想要一對翅膀，後來他得到了。但是他卻忘記夕陽西下後翅膀會變成石頭的事實。當翅膀變成石塊的一剎那，王子掉落於放在王宮大階梯上帶有翅膀的石獅上，然後整個人被自己的及獅子的石翅膀壓碎了——這眞是一段悽慘的故事！但是，在這件事發生之前，相信王子一定非常陶醉在飛翔的樂趣中。」

「可是，爲什麼我們許的願望都不會變成石頭呢？爲什麼只是消失呢？」安西雅問道。

「阿烏特勒斯、坦、阿烏特勒斯、諾伊勒斯。」沙米亞德說道。

「這是尼貝語嗎？」在外國話中，只懂一些法語的安西雅問道。

「它的意思是，以前的人類，只要求得到每天所需之普通物品。例如，長毛象啦、鱷鳥獸啦這些極平常的東西，而這些東西很容易變爲石頭。但是，今日的人類，理想太高了，像如花般美麗啦、被所有的人喜歡啦，這些怎能變成石頭呢？這不是完全不可能的嗎。所以，在沒有辦法實施兩種規則的情況下，只好讓它消失啦。啊，眞睏——那麼，再見了。」

沙米亞德從安西雅的膝上跳下來，迅速挖掘著沙洞，不久就消失在眼前。

＊

安西雅回到家時，已開始吃早餐了。

羅伯特把一湯匙的糖蜜倒在小弟的脖子上。因此，一吃完早餐後，小弟就開始被擦拭身體及換衣服。當然，絕不可以做這種惡作劇，但是，這可眞是一舉兩得的惡作劇呢。第一、就是讓喜歡黏糊糊的東西的小弟感到興奮不已，第二、就是趁瑪莎把注意力全放在小弟身上時，孩子們終於在不必帶著小弟的情況下，可以匆忙地跑到砂石場。

四人逃跑似的來到了家旁邊的那條路，這時安西雅上氣不接下氣地說道：

「我想，大家輪流去想一個願望如何。但是，若想出來的願望別人不贊同時就不能許願，這方法怎麼樣？」

「那麼是誰第一個許願呢？」羅伯特謹愼地說著。

「我，如果你們認爲可以的話。」安西雅有些不好意思地說道。「而且，我已經想好要許什麼願了——是翅膀啦！」

這時沒有人開口。其他孩子們正在想該挑什麼毛病。但是，這倒是件滿困難的事。因爲，聽到翅膀這個單字時，大家的胸口都跳動不已。

「嗯，這不錯哦！」西里爾從容不迫地說道。

「嗯，妳其實沒有像外表那樣愚蠢嘛，安西雅。」羅伯特也說道。

「哇！我覺得這是個很棒的點子。那就像讓人出神的夢境一樣！」珍說道。

四人立刻找到了沙米亞德。

安西雅說道：

「拜託你讓我們擁有一對能飛翔在天空的美麗翅膀。」

沙米亞德呼的鼓了起來，然後，在一瞬間，孩子們的肩膀馬上就好像變重又似變輕了，感受到了奇妙的感覺。

沙米亞德歪著頭，以蝸牛般的眼睛，一個接一個地端詳著孩子們的臉。

「嗯，好像還不錯呢！」沙米亞德以愛睏的表情說道。「而且羅伯特的樣子眞像天使，不知他的內心如何？」

羅伯特的臉紅了。

翅膀非常巨大，而且出乎意料地美麗。柔軟又平滑的每一片鳥羽，很有規律的排列著。它就像彩虹或吉丁蟲顏色的玻璃般，浮現美麗燦爛的色彩。

「哇——可是，飛得起來嗎？」珍有些擔心地踩著腳步說道。

「小心！妳踩到了我的翅膀。」西里爾說道。

「踩到了會痛嗎？」安西雅極有趣似地問道。

但是這時沒有人回答。因爲羅伯特張開翅膀飛起來了，然後慢慢地昇上天空。穿著燈籠褲的羅伯特在空中時，看起來有些奇怪——那雙吊在半空中的皮鞋，看起來比在地面上時大了許多。但是，孩子們並不在意，羅伯特的樣子看起來如何，自己看起來又如何。現在，他們全都張開翅膀在空中飛翔著。張開翅膀後發現它非常大，所以，爲了不妨礙他人飛翔，只得拉開彼此間的距離，而這件小事對他們來說是輕而易舉的。

字典裡的任何字彙，都無法形容張開翅膀飛翔的這種感覺，所以我不想去解釋它。但是，必須講明的是，在地面的上方往下看的感覺，就像是在看一張活生生的漂亮地圖。紙上雖塗了一些無聊的色彩，但相對地，在天空上看到的是眞正活動的，沐浴在日光中的綠色農田。就如同西里爾所說般「這多棒啊！」它是到目前所許的各種願望中，最棒、最像魔術的一次魔術。孩子們張開彩虹翅膀飛翔及滑行在綠地與青空之間。他們直接飛向了羅斯塔市的上空，也繞過了梅德鎮。在這當兒，他們突然感覺肚子餓了。最不可思議的是，這種感覺是在大夥低空飛行，看到果園提前結果的紅色洋李子時突然產生的。

四人停留在半空中。這種模樣雖然無法詳細說明，但它就和站立游泳的樣子相似。（金鵰最擅長此動作了。）

「嗯，的確……」西里爾看著結滿洋李子的果樹，在沒有人開口說一句話時卻說道：「無論如何，即使我們長著翅膀，這種行爲仍像小偷。」

「眞的認爲如此嗎？」珍急忙問道。

「長著翅膀就代表是鳥啊。沒有人會在意鳥偷吃東西的。不，也許他們是在意，但是鳥仍會偷啊。而且，沒有人會罵鳥，更無法把鳥抓進監牢裡。」

停留在洋李子樹上，沒有想像那麼容易，因爲彩虹顏色的翅膀太大了。但是，孩子們總算停在樹上了。洋李子的果實不但水份多，又非常好吃。

很幸運地，當孩子們已經吃飽了之後，正好看到一個怎麼看都像果園主人的粗壯男子走了過來。這男子手持一根粗棒，急促地通過柵門走來。

孩子們立刻展開翅膀一齊飛起。這人是看到樹枝搖擺，以爲「又來了一些小鬼」，所以就來看個究竟。但是，當他看到彩虹色的翅膀從洋李子樹上飛起時，因太過於驚嚇而自以爲已經精神錯亂。

安西雅看到此人慢慢張開嘴巴，臉色綠一陣紫一陣時，大聲對他說道：

「請你不要害怕！」

然後急忙從口袋中把錢掏出來，繞在這位可憐的老先生周圍說道：

「我們吃了你的一點點洋李子。當時覺得這並不是偷竊行爲，但現在又不知道這種想法是否正確，所以，把這些錢給你好了。」

安西雅飛到大吃一驚的老伯身邊，把拿在手中的錢放入此人的口袋。然後振了二、三次翅膀，迅速回到了兄弟姊妹的身邊。

老人突然跌坐在草地上。

「這——又是怎麼一回事！這就是所謂的幻覺嗎？但是這錢——」

說著，老人從口袋中拿出銅幣試著咬咬看。

「這是眞的錢。好，從今以後，我要成爲更令人佩服的人。碰到這種事，任何人都會想改變自己不是嗎？嗯，幸虧他們只是長了翅膀，而不是其他可怕的怪物。」

這位老人勉勉強強的站起來，回到了屋內。然後，一整天都溫柔地對待他太太，使這位太太非常高興，說著，「哎呀，他今天到底是怎麼一回事呢？」並用蝴蝶結繫在領口處打扮起自己來了，這使得老人更加親切地對待太太。

所以，可說孩子們在這一天做了件好事。

但是，也唯有這一件罷了，那是因爲沒有一種東西，比翅膀更會惹麻煩，但是，也沒有一種東西，比翅膀更容易自麻煩中逃走。

例如，當他們盡可能地把翅膀合起來走進一戶人家，想要一些麵包及起司——雖然他們吃了許多洋李子，可是馬上又餓了——而被一隻凶猛的狗撲過來時就是如此。若換作是平常，那麼這時候，狗一定會一口咬住站得最靠近狗的羅伯特的腳，但是，因爲大家聽到狗叫聲的一剎那，就隨著叭噠叭噠的展翅聲飛了起來，所以，連狗都不得不做出飛起來的動作。

*

孩子們繼續試了三、四家，然而，沒有養狗的家，反而把人給嚇得大叫一聲逃跑。終於，在接近下午四時，孩子們累了、翅膀也慢慢變重時，他們就停留在教堂的塔上商量著。

「我們在還沒有吃午餐及點心的情況下，根本無法飛回家。」羅伯特發脾氣地說。

「可是，誰會給我們飯和茶點呢？」西里爾說道。

「也許這裡的牧師會給我們哦！」安西雅說道。「牧師一定詳細了解天使的事。」

「可是，並沒有人會把我們當成天使啊。妳瞧瞧羅伯特的皮鞋，再瞧瞧西里爾的條紋領帶——」

珍說道。

這時西里爾堅定地說道：

「無論如何，若這裡的人不賣東西給我們，那麼也只有去偷了。雖然這種事只有在戰爭時才會發生，然而即使不是在戰爭時期，放著一大堆食物在旁邊，卻看著自己的兄弟姊妹挨餓，若自己是個正人君子，怎能對此置之不理呢！」

「有一大堆食物？」羅伯特忍不住地說。

其他女孩子們也環視著沒有任何東西的屋頂說道。

「在旁邊嗎？」

「當然啦！」西里爾清楚的說道。「牧師家的旁邊有一個食物儲藏室。我從儲藏室的窗戶看到那裡有食物——布丁啦、烤雞啦、牛舌啦——蛋糕啦——果醬啦。雖然窗戶是高了一點——但只要有翅膀——」

「哇，西里爾你注意到這麼棒的事啊！」珍說道。

「哎呀，沒什麼啦！」西里爾謙虛地說道。「不管什麼人，若他是個天生的首領——像拿破崙啦、萬寶路公爵啦——對那種小事很快就注意到的。」

「可是我覺得這種事不好啦！」安西雅快要哭了，但仍拚命地說著。「我們把錢湊起來放在那裡，再拿東西好嗎？」

「但不是把全部的錢放在那裡哦！」

其他孩子十分謹慎的回答道。

四人各自翻開自己的口袋，把錢全部拿出來放在屋頂上。加起來共有五先令及七便士半。這麼一來，即使連誠實的安西雅都覺得，買四人份的東西，給這全部的錢確實太多了。

羅伯特說只要付十八便士，而最後決定付二先令半，他們認爲這樣應該「足夠」了。

這時安西雅從口袋裡找出了考試答案紙，把學校名稱及自己的名字撕掉後，在紙上寫了這樣的一段信——

親愛的牧師：

我們已飛了一整天，所以肚子非常餓了。將要餓死之際去取食物，這應不算是偷竊行爲。我們深怕您不原諒我們，所以無法請求您。您必定非常清楚何謂天使，但一定不會認爲我們是天使。我們爲了維生，只取必需要的物品。我們沒有拿點心。看到這裡，您應明白我們拿走您的東西，並非是貪心而是爲使自己不至於餓死。我們更不是什麼行的小偷。

「好啦，寫得差不多就告一段落吧！」其他孩子們齊聲說道。

因此，安西雅急忙補充寫道——

我希望您能了解我們有一顆正直的心。爲了證明我們是認眞且深表對您的感激，在這裡放置二先令半。

衷心感謝！

他們在這封信中包入了半 crown（相當於五先令），然後四個孩子都深信，牧師看了這信後一定會了解他們的苦衷。

「可是，會有一點危險哦！」西里爾說道。

「從庭院的樹枝處，可看得到食物儲藏室的窗口。我會進去拿，而由羅伯特和安西雅在窗外接住這些東西，由珍來看守——看到有人來時就吹口哨。羅伯特你閉嘴啦。這一點口哨珍也會吹呀。不太高明的口哨聲才更像小鳥啊。來，走吧！」

這時，孩子們並沒有認為自己做的事是偷竊行為。他們覺得這是很公正的交易。而且他們也不知道，以二先令半並不能買一整條牛舌、一隻半的烤雞、以及麵包和碰一聲會流出涼水來的彎管瓶裝檸檬汽水。但是，這些東西就是西里爾從窗口遞出來的維生必需品。沒有把擺在同一地方的布丁、蛋糕、夾餡點心拿出來，對西里爾來說是一位英雄所做的最後努力。

然後，所有的東西都搬上了屋頂。然而當大夥看到西里爾把從儲藏室最上層架子上發現的紙巾鋪起來時——

「這紙巾不是維生的必需品啊！」首先是由安西雅說道。

「是必需品，」西里爾說道：「不然，把雞肉撕成小塊後就沒地方可以放啦。爸爸曾說過雨水中的細菌會導致疾病，而屋頂會有許多雨水，等它們乾了以後，細菌會留在這裡，並會附著在各種東西上。所以，如果我們把雞肉直接放在屋頂上，那麼大夥都會得到猩紅熱而死。我確實認為紙巾也像麵包、肉和水一樣，是維生必需品。啊，肚子好餓！」

我不想詳細描述屋頂上的野餐會。用手去抓東西吃會弄得滿手油膩，而且動作粗魯，又非常困難。尤其是紙巾盤，不一會兒工夫就變得非常骯髒。而其中最困難的是，從彎管瓶吸取檸檬汽

水的動作。

但是，不論是以什麼模樣吃東西，牛舌、雞肉及麵包都非常美味可口，而且，雖然利用彎管瓶喝水而稍微弄濕了衣服，但天氣熱時，就不會特別去在意了。後來孩子們不但享受了這頓美食，而且也吃得非常脹。那是因爲當時肚子太餓，再來是因牛舌及雞肉太好吃了。

如果我們比平常用餐時間晚了很久才吃東西，而且吃得又比平常多，再者吃飽後又坐在教堂塔頂這樣炎熱的地方，那麼不久之後就會非常睏。所以安西雅、珍、西里爾、羅伯特，也是拚命吃夠、喝夠後，就像我們一樣，不久就非常睏了。尤其是安西雅更是如此，因爲她今晨五點就起床了。

一個接一個地，孩子們停止了說話，並側躺在屋頂上，在他們吃完東西不過十五分鐘，四人就包在柔軟的翅膀內彎曲著身體睡著了。

太陽慢慢沈入了西山，但孩子們仍然熟睡著——因爲翅膀的觸感比羽毛墊更舒適。教堂尖塔的影子，從庭院到牧師館，到對面的農田，慢慢伸長。然後，不久之後影子完全消失了。太陽已經完全下山了。翅膀消失了，但孩子們仍在睡覺。

但這情形並沒有持續很久。黃昏雖美，卻有陣陣寒意。失去翅膀的四個孩子，顫抖著身體醒了過來，發現——這裡是籠罩在微暗中的教堂塔頂。正是藍白星星在頭頂上，一顆、二顆、十

顆、二十顆聚集的時候。這裡離家有數公里路程，而口袋裡只剩下三先令及二便士半。若被別人發現腳旁邊的檸檬汽水瓶，那麼又該如何去解釋「維生必需品」呢？

四人相互看著對方。拿起彎管瓶首先開口說話的是西里爾。

「無論如何，還是盡快走下去，把這些會引起麻煩的東西處理掉吧。因爲外面天色暗，所以悄悄放置在牧師家玄關就好了。來，走吧。」

塔頂一角，有一個小閣樓。那裡有通往樓下的門。剛才在上面用餐時孩子們就注意到了這扇門，但是他們並沒有過來探查。因爲，擁有一對翅膀能夠探查到整片天空的人類，是不會對這種小門感興趣的。

但是孩子們現在正往那扇門走去。

「這裡一定就是通往樓下的出口。」西里爾說道。

不錯，這裡就是通往樓下的出口。但是，它卻從裡面反鎖著！

四周愈來愈暗，然而，回家的路程還有數公里，他們的腳下扔著檸檬汽水瓶。

在這裡我不再說明，孩子們中有誰笑了，或有幾人哭了。我們應該想想看，假如自己也像這些孩子一樣遇到了這種情況，你會如何去處理？

# 5 失去了翅膀

雖然不需要說明是誰哭了，但是這四個人確實有段時間感到張惶失措。然後，當他們好不容易鎮定下來時，安西雅把手帕放入口袋內，挽著珍的胳膊說道：

「不論時間有多久，我們待在這裡的時間，也只有今晚罷了。天一亮，我們就可以揮著手帕，發出信號啊……那麼一定會有人來救我們的。」

「然後，讓他們發現這些汽水瓶嗎？」西里爾憂鬱地說道。「那麼就表示我們偷了東西，要被關進監牢裡。」

「你剛才說過那不是偷竊行爲呀！」

「我……不這麼認爲了，至少現在——」西里爾立刻說道。

「把它扔進對面的樹林中吧，那麼他們也不能拿我們怎麼樣啊！」羅伯特說道。

「嗯！」西里爾雖然笑著回答了他，但是那笑容中絲毫沒有快樂。「然後打到某人的頭——變成又是小偷、又是殺人犯是嗎？」

「可是，也不能整晚待在這裡啊。」珍說。「而且，我想喝茶。」

「怎麼會想喝茶呢？」羅伯特說：「我們剛剛才吃完午餐呢！」

「就是想喝嘛。因爲你一直說今晚都要待在這裡，所以就更想喝茶呢。啊，好想回家哦！安西雅，我想回家了！」

「安靜一點嘛，不要哭了，一定會有辦法的。不可以哭哦——」安西雅說道。

「讓她哭吧！」羅伯特以絕望的語調說道。「也許她哭得大聲一點，有人聽到就會來救我們也說不定啊！」

「然後，讓他們發現這些汽水瓶嗎？」安西雅急忙問道。

「羅伯特，不要說那些粗魯的話好嗎。珍，冷靜一點嘛，我們都很難過啊！」

聽西里爾這麼一說，珍也試著冷靜下來，所以原本的哇哇聲也變成了啜泣聲。

大夥都沈默了一會兒。

然後，西里爾慢慢說道：

「喂，這些汽水瓶我另外想辦法，現在首先碰碰運氣，看怎麼下樓去好了。我會把汽水瓶藏在我的懷裡——也許沒有人會發現呢。而你們一定要站在我前面。牧師家的燈還亮著呢，表示還沒有入寢。我們一起儘量大聲喊叫，知道嗎？羅伯特你的叫聲要像火車引擎，而我會像爸爸一樣採用土人式的叫聲，女孩子們愛怎麼叫就怎麼叫好了。來，一、二、三！」

四重唱的叫聲，劃破了寧靜的夜晚，回響在空中。而正要關上牧師館百葉窗的女傭，把手停了下來。

「一、二、三！」

再一次混雜著各種聲音，如同撕裂綢子般的刺耳叫聲，把築巢在教堂鐘樓上的貓頭鷹及白頭翁都嚇著了。

女傭從牧師館的窗邊迅速跑出來，跳下牧師館的階梯，跑進牧師館的廚房，對站在那裡的男僕、廚師及廚師的堂兄說出現了怪物後，立即昏倒在那裡。

「一、二、三！」

這時，牧師也走出了家門，而牧師所聽到的無疑是孩子們的喊叫聲。

「這一定是他！」牧師對太太說。「有人在教堂快被殺了。把帽子和粗木棒拿來。然後去告訴安德魯，馬上隨著我來。這一定是中午偷走牛舌的人所幹的事。」

孩子們看到牧師打開玄關時，迅速漾溢的燈光，然後也看見了走出屋外的牧師的黑色身影。所以，他們屏住了氣，注視著牧師的下一步動作。

當他們看到牧師爲了取帽子進入屋內時，西里爾著急地說：「以爲聽錯所以又進去了。你們不喊的更大聲是不行的，來，一、二、三！」

的確，這次的叫聲，大得幾乎可以嚇破膽子了。牧師的太太抓住牧師尖叫了一聲。

「你不可以去啦！一個人去不行啊。潔西！」

當太太這樣叫時，剛才那個女傭，已清醒過來從廚房走了出來。

「快點讓安德魯去看看。教堂裡出現了危險男子，快叫他去抓起來。」

「哎呀！被抓的可能是安德魯呢！」女傭邊喃喃自語邊走進去對男僕安德魯說道。

「安德魯，現在教堂裡有一個好似瘋子的人，太太說，叫你先去把他抓起來。」

「你聽到那聲音是嗎？」牧師問道。

「好像聽到了什麼聲音。」

「那麼我們走吧，安德魯！」牧師說道，然後轉向太太說：「我不能不去。」

牧師溫柔地把太太推進會客室，「咚」一聲把門關起來，然後拉住安德魯的胳膊從家中跳了出來。

接著，叫聲再度傳進了兩人的耳中。

「喂，是你們叫的嗎？」

安德魯大聲問道。

「是我們叫的！」

遠方的四個聲音回答道。

「好像自天空傳來的聲音呢。眞不可思議啊！」叫聲消失時，牧師這樣說道。

「喂，你們在哪裡呀！」安德魯又大聲問著。

「教堂的塔頂！」

西里爾儘量以非常低沈的聲音，慢慢地，大聲回答道。

「那麼下來啊！」

安德魯說著，這時剛才那聲音回答：

「沒辦法下去啊！門鎖著呢！」

「那我知道啦！安德魯，去小馬房把手提油燈拿過來。也許再叫一個村子裡的人一起去比較好。」牧師說道。

「附近可能會有那些人的同伴在看守呢——不，這一定有計謀。豈有此理！」安德魯說道。

「現在，廚師的堂兄在廚房，拜託他一道去好了。那人是獵場看守人，不但身體粗壯，而且有一把獵槍。」

「喂！快來救救我們。」西里爾從塔上大聲叫道。

「現在就要去了！」安德魯大聲回答道。「現在，馬上就帶著警察及獵槍過去了！」

「哎呀哎呀，安德魯，不可以撒這種謊。」牧師說道。

「不是啦，讓他們心理有所明白比較好啊！」

然後，安德魯把手提油燈帶來，並去叫廚師的堂兄，就是獵場看守人去了。

於是，三個人穿過了庭院，周圍已經完全暗了，三個人邊說邊走著。牧師說，教堂的塔頂確實有精神錯亂者在上面。也就是寫了封奇怪的信，並拿走牛舌等東西的人。可是安德魯卻說，這是爲了引誘他們過去的一種計謀。

只有一人仍非常冷靜，他就是獵場看守人。

「雷聲大雨點小嘛。『膽子大的人，只會鴉雀無聲』的。」堂兄說道。

這個人一點都不覺得害怕，而且他還拿著一個獵槍，所以牧師他們拜託他站在最前面，而緊接在後的是安德魯。後來安德魯把自己站在中間一事說成自己比主人更堅強，但其實他是因爲害怕別人的計謀。他心想若有人從後頭悄悄抓住他的腳就糟了，所以才會站在中間。

三個人一直繞著螺旋狀階梯爬了上去。然後走過掛著像大毛毛蟲的鳴鐘繩的敲鐘人房間——又走過了吊著一排靜鐘的房間——然後登上寬大的階梯——然後又登上狹窄的石階，來到頂點時，有一個小門。這小門從裡面反鎖著長栓。

獵場看守人踢著門說道：

「喂，我們來了！」

孩子們在門對面，因擔心而一邊顫抖著擠在一起。由於剛才喊得太大聲，聲音也啞了，所以無法清楚地說話。但是西里爾仍竭盡全力以沙啞的聲音回答了。

「哦，來了嗎……」

「你們怎麼上來的呢？」

「像鳥一樣飛上天的。」若這樣說一定沒有人相信，所以西里爾說：

「上來了之後——門被鎖了，沒辦法下來。讓我們下去好嗎——拜託啦！」

「你們有幾人？」

「我們是四人。」

「有沒有武器？」

「你說有沒有什麼？」

「我們有槍——所以你們最好不要輕舉妄動。你們能向我保證，當我打開門時乖乖的走下來，而不會採取任何行動嗎？」

「是的，可以，可以保證！」

四人一起大聲說道。

「這又是什麼！也有女孩的聲音呢！」牧師說道。

「可以打開門嗎？」獵場看守人問道。

安德魯稍微退後並說：「給其他人開個路吧！」

「好了，打開吧！」牧師說道。然後牧師又對著鎖洞向外面的人說：「可是，你們要記住哦，我們是來救你們出去的，所以不要忘記剛才的約定哦！」

「這長栓鎖生了厚厚的鏽，好像已有半年以上沒有動過呢！」獵場看守人說道。

但是，這確實是事實。

然後，當他們打開了幾個長栓後，獵場看守人以低沈的聲音說道：

「你們先到屋頂的對面去，這樣我才幫你們開門。而且，如果你們中的任何人衝過來，我就會開槍的！好，過去！」

「我們已來到最後面了。」傳來了這種聲音。

獵場看守人爲自己的勇敢而高興，並且碰一聲把門打開了。然後走出小門，拿手提油燈照著對方。這燈火照出了把背靠在屋頂一頭的扶手上站在那裡的一群壞蛋。

獵場看守人放下了獵槍，而差一點也把手提油燈掉落在地上。

「這可眞令人吃驚啊！原來是一群小鬼頭！」獵場看守人說道。

這時牧師走到前面來了。

「你們是如何來到這裡的呢！快說！」

牧師以可怕的聲音說道。

「哇，請您讓我們下去吧，那麼我們什麼都會告訴您的！」珍糾纏著牧師的衣服說道。

「也許您會不相信，可是，那些都不重要了。拜託，讓我們從這裡下去好嗎？」

其他二人也說著同樣的話，並把牧師圍了起來。但是西里爾並沒能進入這個行列，那是因爲如果不用雙手壓住汽水瓶，它就會從上衣內滑下來。但是，西里爾也盡量遠離手提油燈的燈光並說：「拜託，讓我們下去嘛！」

孩子們總算能從塔頂上走下來了，但是在這樣的黑暗中走下不熟悉的階梯是極不容易的事。所以看守人在旁協助。但是，這時西里爾只有在不接受任何人的協助下走下階梯。因爲汽水瓶快要滑出來了，絲毫不能大意。來到梯子的中間部分時，差一點摔下去，但被揪住了脖子後好不容易穩住了腳走了下來。終於走完彎曲的階梯，走在教堂入口的舖路石上時，西里爾的臉色已經蒼白，身體不斷的顫抖著。

來到這時，看守人突然押住了西里爾及羅伯特的胳膊說：

「牧師先生，由您來押住女孩們。」

「不必啦，我們不會逃跑的，」西里爾說道：「我們也沒有在教堂上做了任何破壞，所以請放開好嗎！」

「乖乖地跟來！」

西里爾甚至於無法抵抗。汽水瓶又快滑落下來了。這樣子，當四人朝牧師館的書齋走去時，牧師的太太跑了出來。

「哎呀，您還好吧？」

羅伯特急忙安慰太太似的說道：

「沒關係啦，我們不會做對牧師不利的舉動的。而且現在已經很晚了，家人一定會很擔心的，你們能不能用你家的馬車把我們送回家呢？」

「如果附近有旅店，也可以租那裡的馬車啊，我想，瑪莎一定非常擔心的。」安西雅說道。

牧師因太過驚嚇，發愣似地坐在沙發上。

西里爾也彎下腰，以手肘按著膝蓋，爲了隱藏懷中的汽水瓶而蹲在前面。

「但是，你們是爲什麼會潛入塔頂呢？」牧師問道。

「我們——上去那裡——累了。」羅伯特慢慢地解釋道。「所以睡著了。當我們睡醒後發現我們被反鎖，無法走下塔頂。」

「哎呀，你們的叫聲眞可怕呢！」牧師太太說道。「讓我們都爲之顫抖哩。做了這種事，不能沒有羞恥心哦！」

「我們是認爲羞恥。」珍乖巧地說道。

「可是，是誰鎖了那扇門呢？」

「我不知道是誰鎖的。」羅伯特說道。但是這並不是謊話。「讓我們回家好嗎？」

「嗯！還是讓他們回去好了。安德魯！準備馬和車，把他們送走。」牧師說道。

「我一個人嗎？這有些困難……」

安德魯在口中喃喃自語著。

「然而，你們要記住，不可以再做這種事囉！」

牧師開始了他的長篇訓話。

但是，這時，只有一個人沒有在聽大家的談話內容。

看守人目不轉睛的注視著可憐兮兮的西里爾。

看守人看多了各種各樣的小偷，所以很清楚隱藏東西的人會有何種表情。

當牧師的訓話進行到「不能讓雙親感到羞恥，要懂得孝順，絕不能使他們有所擔心」這裡時，看守人突然說道：「這小子的上衣裡藏著東西，您問問看吧！」

這時西里爾心想這下被看穿了。

西里爾到目前爲止，看過許多到死都忠於家譽的少年們的故事。所以，現在，西里爾抬頭挺胸，自己就像那些少年似的站了起來，從鼓起的懷中取出了圓圓的汽水瓶。

「已到了這地步，我就拿出來吧！」

這時沒有人說一句話。

西里爾繼續說道。其實除了繼續說外也沒有其他辦法了。

「沒錯，從您的食物儲藏室取出這東西的是我們。另外還拿了雞肉、牛舌和麵包。那時肚子很餓了，但是沒有拿布丁和蛋糕。只拿了麵包、肉及滋潤喉嚨的水，雖然水是檸檬汽水，但那也是不得已。爲了維生，我們需要這些東西。我們放置了二先令半，以便付東西的帳。也放了一封信。我們眞的深感抱歉，假如一定要付錢的話，不論是罰金或什麼的，我父親一定會付清的。所以，拜託您不要把我們關進監牢裡。不然，母親會非常悲傷的。剛才牧師您說過，不能讓父母親蒙羞是嗎，所以，拜託您千萬不能把我們關進監牢之類的地方——要說的只有這些了。我們眞的感到抱歉。說完了！」

「可是，你們是如何爬到像食物儲藏室那樣高的窗口的呢？」牧師的太太問道。

「這不能說！」西里爾斬釘截鐵地回答道。

「你們是否有所隱瞞呢？」牧師說道。

「是的！」珍急忙說道。「剛才所說的話全都是事實，但是，另外也有一些事，而這些事不可以說出來。所以，問了也沒用。哦，拜託您寬恕我們，讓我們回家好嗎？」

然後珍就跑去牧師夫人那裡抱住了她。牧師夫人也抱住了珍。

看守人用手遮住嘴，對牧師竊竊私語著。

「這些孩子並不是壞孩子——他們是在袒護自己的朋友。一定是他們把這些孩子丟在塔頂上。你們眞是値得佩服呢。朋友慫恿你們做壞事，而你們卻一直不願背叛那些孩子。」

這時牧師親切地問道：

「你們是否在隱瞞某人的事呢？是不是另外有人和這件事有關連呢？」

「是的！」安西雅一邊想著沙米亞德一邊說道。「但是，錯不在於那人。」

「很好，」牧師說道：「那麼，關於這件事就不要再說了。可是，你可以告訴我爲什麼要寫那麼奇怪的信吧！」

「我是不知道，」西里爾說道：「那是安西雅匆匆忙忙寫的，是嗎？而且，那時候眞的不認爲這是偷竊行爲。但是，後來知道無法從塔上下來時，終於明白那確實就是偷竊行爲了。眞的很抱歉——」

「那麼，我們就不要再講這些話了。」牧師的太太說道。「可是，下次要拿別人家的肉時，必須要考慮清楚哦。那麼——在走之前，先用點牛奶及蛋糕如何！」

就因如此，當安德魯備好馬車，回到屋內一看，孩子們已在吃著蛋糕、喝著牛奶，坐在太太的膝蓋邊，聽著牧師所講的笑話開心地笑著。

所以，到頭來，這些孩子們只受到了極輕微的懲罰。

廚師的堂兄，也就是獵場看守人，他說想送孩子們回家。這時，膽小的安德魯非常高興，即使發生任何可怕的事也有人能夠幫助他。

馬車終於到達位於白堊場與砂石場的房屋時，孩子們已經非常睏了，但是，他們卻感覺到，已和看守人之間成了眞正的好朋友。

安德魯靜靜地把孩子們像貨物似的放置在鐵門前。

「你一個人回去吧。我待會借附近的馬回去。」看守人對安德魯說道。

之後，安德魯提心吊膽的一個人回去了。

把孩子們送到玄關的是已成爲好朋友的看守人。然後，當孩子們聽著瑪莎旋風般的斥責聲入睡後，這位看守人對瑪莎詳細說明了今天發生的事。相信他說的故事一定非常精采，因爲第二天早上，瑪莎的心情格外開朗。從那之後，這位獵場的看守人經常前來與瑪莎相會，最後——哎呀，這些好像是另外的一段故事。

瑪莎曾經對大夥說過：「下次再頑皮，第二天就要關禁閉。」

所以，孩子們一度擁有翅膀的第二天，就同這句話一樣沒能走出家門。

但是，因爲羅伯特說無論如何都必需去一個地方，所以瑪莎准許他出去三十分鐘。

羅伯特所說的地方當然就是沙米亞德那裡了。

羅伯特跑去砂石場找沙米亞德——對了，這也是另外的一段故事。

# 6 城堡與敵兵

這天，羅伯特輕而易舉的就找到了沙米亞德。那是因爲這天太炎熱，所以沙米亞德第一次自動出來外面，然後舒適的躺在沙洞內，一邊整理牠的鬍鬚，一邊用蝸牛般的眼睛咕溜溜地轉動著眺望四周。

「啊！」沙米亞德以左眼掌握住了羅伯特的身影說道：「我就知道你們會來，所以坐著等呢。其他的孩子呢？該不會是被那翅膀壓碎了吧？」

「沒有。可是，就因爲那翅膀，所以又像以往一樣發生了麻煩的事。所以，今天被罰關禁閉不能出門。我好不容易被允許出門三十分鐘——是來拜託你一件事的。所以儘快讓我許願好嗎？」

「那快說吧！」沙米亞德俯臥在沙堆中扭動著身體說道。

但是，這到底是怎麼一回事呢，羅伯特突然怔住了。因爲在家想好的各種事情，全都忘光了，而只想起想要麥芽糖啦、想要外國郵票啦、想要折疊式刀子啦，這種無聊的事。羅伯特坐下想了一想，但仍想不起來。

「怎麼了？」沙米亞德終於開口說道。「趕快說說看啊，時間一分一秒的過去了。」

「我也知道，可是——」羅伯特說道。「我忘掉了該許什麼願望。原本是希望許一個其他孩子可直接在家裡就能許的願望！啊，請等一等！」

但是已經來不及了。沙米亞德膨脹成平常的三倍後，像被針戳到的氣球一樣，又縮小了。然後一邊喘著大氣，精疲力盡的靠在沙堆旁邊。

「完成了！」沙米亞德以軟弱無力的聲音說道。「雖然它非常困難，但是，總算完成了。來，快點回家吧，不然的話，在你還沒回到家前，其他孩子很可能會許一個愚蠢的願望哦！」

羅伯特心想，他們一定會做出這種傻事。羅伯特一邊急忙跑回家，一邊還想著其他孩子趁他不在家時，不曉得會許什麼樣的願望。可能會說想要一隻兔子、或想要白老鼠、或巧克力，不然的話，就是希望明天是個好天氣——再不然就是「希望羅伯特快點回家」這類無聊的願望。這麼一來，今天的願望又要泡湯了。

羅伯特全力地跑著，但是，彎過最後彎道，終於來到可看見家的那個地方的一剎那——不知不覺地睜大了眼睛，放慢了步伐。因爲睜大眼睛跑步是件困難的事。然後，羅伯特的腳突然停了下來。房屋不見了，外面的鐵柵欄也不見了。在原本是家的位置——羅伯特揉一揉眼睛再看了一次——聳立著黑色的莊嚴城堡！

羅伯特終於想到，一定是其他孩子說了「眞想住在城堡呢！」之類的話。因此，就像這願望一樣出現了一個城堡。它是又高又寬、配有雉牆及槍眼，上面還聳立著八個大型塔的黑色雄壯城堡。剛才還曾經是庭院及果園的周圍，搭建有像蘑菇般白色一點一點的東西。羅伯特慢慢的走近去一看，這才知道那些白白的一點一點原來是帳篷，而且穿鎧甲戴頭盔的男人——有好幾百人走在帳篷之間。

「嗤！」羅伯特用力說道。「他們眞這麼做了！一定是說了想住在城堡之類的話。可是，這城堡已被敵人包圍住了！沙米亞德這小子。我不想再看到這種愛惡作劇的小鬼了！」

三十分鐘前還曾是庭院的地方，現在已變成了大護城河，而越過大護城河的對面大拱型守衛站上的小窗口，有個人正揮著淡黑色的東西。羅伯特在想，那很像西里爾的手帕，所以自己也揮了一揮，但是，立刻想到完蛋了。羅伯特發出的信號，被包圍住城堡的敵人發現了。兩個戴著頭盔的男子走近羅伯特。男子在長腿上穿著褐色長靴，大步走了過來，所以羅伯特只好放棄了逃跑的念頭。因爲他很快就注意到，和這些人相比，自己的腿是多麼的短小。

羅伯特站著不動，倒順他們的意了。

「你看看，多勇敢的小兔崽子啊！」一邊的男子說道。

聽到別人說他勇敢後，羅伯特非常高興，似乎自己變得眞的很勇敢。雖然他不懂小兔崽子這種話，可是它也常出現在兒童歷史小說中，而且似乎也沒有特別不禮貌的意思。然而，羅伯特還是有些希望可以聽得懂這些人所說的古老的話。

歷史小說中也常出現無法了解含意的話。

「他穿著我們不曾看過的衣裳。」另一個男子說道。「可能是異國來的密使。」

「喂，孩子，你何故前來此地？」

羅伯特知道這句話是在問他：「喂，你來這裡做什麼？」所以立刻回答了——

「拜託啦，我想回家。」

「那麼，走吧！」穿長皮靴的男子說道。「無人阻撓你，但是，」然後這男子小聲的繼續說：「這小鬼，是否帶來了送入城堡的密函？」

「你家在何方？」戴著特大型鐵盔的男子問道。

「那裡！」羅伯特這樣回答著，但立刻想到應該說：「很遠的彼方！」

「此話當眞？」穿著特長靴的男子說。「那麼，來吧。我們必須向元帥報告。」

這時，羅伯特被拉著耳朵，強行帶往元帥的地方。

當他走到元帥面前才發現，他是羅伯特從沒見過的那種極優秀的騎士。他的模樣如同出現在

歷史小說插圖中，令人敬佩的元帥一樣威風。這位元帥穿著鎧甲、戴著鐵盔、坐在馬背上、頭盔前有羽毛裝飾、帶著槍、佩著劍。但是我卻認爲，這人的鎧甲、頭盔及武器，都是不同時代的不一致的東西。

然而，羅伯特卻看得入迷，甚至於無法開口說話。這人確實像插圖中的人物般威風。男子努力地在旁邊耳語著，而這位威風的元帥說：「孩子過來！」然後拿下了頭盔，因爲戴著頭盔就無法看清對方。這人的表情親切，頭髮是金黃色的。

「不要怕。不會傷害你的。」羅伯特非常高興。

「把你的事情儘量說出來，不論什麼——」

「您的意思是？」羅伯特問道。

「你的目的是什麼。你負責什麼樣的使命，爲何會潛入穿著鎧甲的壯漢群中？相信你的母親，一定爲你的事倍感傷心。」

「不會，因爲我母親根本不知道我來這裡了。」

元帥就像出現在歷史小說中的元帥般，擦拭著眼淚說：

「不要怕，把眞相告訴我，我，威爾·特·達博元帥，不會對你怎麼樣的。」

這時，羅伯特在內心裡抱著奇妙的期望。那就是，因爲這個騎士是出現在沙米亞德的魔術中，所以希望只要向他說出沙米亞德的事，他就能比瑪莎、吉普賽人、羅斯塔的警察、昨天那位牧師更能了解這些事。唯一令他感到困擾的是，羅伯特不知道自己能否像出現在歷史小說中的男孩一樣，能適當地使用一些困難的古文。但是，羅伯特仍然盡可能地模仿在書中看到的用古老語言對話的情節開始說話了。

「事情是這樣的——故事會比較長，所以希望有足夠的時間。我的爸爸、媽媽出了遠門。然後我們去砂石場玩耍，而沙米亞德就在那裡——」

「什麼，等一等，沙米亞德？」騎士問道。

「是的——很精靈的——魔術師，對，就是魔術師。然後，牠每天都替我們達成一個願望。我們第一天向牠許的願是，如花般美麗。」

「這願望不適合。」一個士兵看著羅伯特的臉發牢騷似的說。

羅伯特認爲他是個不懂禮貌的傢伙，但仍然繼續著剛才的話。

「然後，接下來許的願是想要許多錢——也就是寶物。但是所出現的卻是無法使用的錢。然後，昨天，我們獲得了一對翅膀，剛開始時確實很棒——」

「你的話可眞奇妙。再說一次好嗎，你說翅膀怎麼了？」

「很棒——太了不起了——不，簡直令人滿足到了極點。但是，結果卻非常洶湧——」

「你說結果如何?是海水洶湧嗎?」

「不是,不是海——是我們遇見了緊張的事。」

「被捕關進監牢是嗎?那眞是太可憐了。」騎士表示同情的說道。

「不是牢房。而是說遇到了難以想像的災難。所以,今天我們被罰關禁閉。那邊是我的家——」羅伯特指著城堡說道。「我的兄弟們都在那裡。這一切都是那個沙米亞德——就是那個魔術師所引起的,眞希望沒有遇到過牠。」

「沙米亞德是可怕的魔術師嗎?」

「哦,是非常可怕的魔術師!」

「你的意思是說,我軍現在極有利地包圍住城堡,這都是仰賴沙米亞德那個魔術師是嗎?」那位雄壯英勇的騎士說道。「你在胡說。我,威爾·特·達博元帥,絕不會借用魔術來指引我軍走向勝利之路的。」

「當然,我也認爲您不需要沙米亞德的幫忙。」羅伯特急忙不失禮貌地說道。「這我也知道。但是,你會在這裡,一半是由於沙米亞德,而另外一半,是我們的錯。如果我們沒有說,想住在城堡這類的話,你也不會有今天。」

「你說什麼,這小鬼!」騎士說道。「一直講些奇妙的話,快點說清楚你眞正的目的。」

「哦，當然，你不會了解啦！」羅伯特已絕望地說道。「可是，其實你不是眞的活著。就是因爲西里爾他們說了想要一個城堡什麼的，所以你才出現的。等到太陽下山後，你會消失不見了，而這一切也會完全平息。」

最初，騎士和士兵都以同情的眼神看著羅伯特，但是慢慢地又變成了嚴厲的眼神，而且穿長靴的男子說道：「元帥，您要小心哦，這小子裝瘋，並打算從我們手中逃脫呢。要不要緊緊地把他綁起來呢？」

「說我瘋了，你們才瘋了呢！」羅伯特生氣似的說道。「我比你們清醒呢！可是，我竟然還以爲你們會了解我所說的話，我眞是太傻了。讓我回去吧——我對你們沒做任何壞事啊！」

「你要回到何地、何方呢？」騎士問道。

「回家囉，當然！」羅伯特說著指著城堡。

「要通知他們將要有支援部隊是嗎？不行！」

「那麼，好吧！」羅伯特說著，立刻想起了一件事。然後他努力地想著出現在歷史小說中的古文並說道：「威爾．特．達博元帥，那麼，讓我去其他地方好嗎？我相信您不會把一個不會使您受到傷害——想要默默地離開的人抓著不放吧！」

「對我說這些太狂妄了！」威爾雖然如此說，但羅伯特所說的話在他的內心起了反應。所以他邊想邊說道：「你所說的話是事實，而且我也原諒你，你回去吧，我威爾元帥，不會以小孩為對手作戰的。你和這位傑克一起去吧！」

「太棒了！」羅伯特非常高興地說。「傑克會碰見很有趣的事哦。那麼，傑克我們走吧。威爾元帥，再見了！」

說著，羅伯特就像那時的軍人一樣向他敬禮，然後朝著砂石場跑去。傑克在後頭從容不迫地跟隨著。沙米亞德所在的地方立刻就被找到了。羅伯特把沙米亞德挖出來，搖晃著使牠醒來，並說想向牠再許一個願望。

「今天已經許了兩個啦。」『砂之精靈』說出了不滿。「而且，其中一個是我第一次嘗試的非常困難的願望哩！」

「嗯，可是，拜託啦。拜託啦。拜託啦！」羅伯特一直請求牠。

在一旁的傑克，看著一個異樣的動物，以蝸牛般的眼睛一邊看著自己一邊開口說話的樣子後，嚇得張著一張大嘴站在那裡。

「是什麼樣的願望呢？」非常睏而發脾氣的沙米亞德問道。

「我想和西里爾他們在一起。」

沙米亞德開始膨脹了。羅伯特並沒有想到應許個願讓包圍的軍隊消失掉。長劍啦矛啦槍啦，

這種東西，要以唸咒方式讓它們消失，好像是重了些。羅伯特暫時失去了知覺——。
羅伯特在不久後睜開眼睛一看，其他孩子們圍在旁邊看著羅伯特。
「一點都沒聽到你進來的聲音呢！」其他孩子們說道。
「『達成留在家裡的孩子所想的願望』，你向牠許這種願，是不是有點問題呀！」
「當然，我們很快就知道這是羅伯特所許的願望。」
「早知道，應該事先說好才對，不然，如果我們剛才許的是個愚蠢的願望，那多糟糕啊！」
「這樣還不夠愚蠢嗎？」羅伯特非常生氣地說。「我差一點就送命了！」
然後，因爲羅伯特告訴大夥剛才所發生的事，所以其他孩子們都非常同情他的遭遇。但是，當他被大夥稱讚其勇敢行爲時，羅伯特的心情完全轉好，而且也知道了自己已經是被敵軍包圍的城堡將領。
「我們尙未採取任何行動，」安西雅無憂無慮地說道：「在等待你回來呢。我們打算利用叔叔買給我們的弓及箭，從槍眼射擊。羅伯特，你可以先射。」
「我想，還是不要這麼做比較好。」羅伯特十分謹愼地說道。
「你們不知道他們目前的情形，他們有眞的弓箭——很長的弓箭。而且還有劍啦、槍啦、短劍啦等，各種鋒利的武器。它們全都是實際的東西。它和畫中的——或夢裡所見的不同，非常鋒利——一定能夠殺死人。我剛才被捏住的耳朵，現在都還在痛呢。喂——你們探查過城堡內部嗎?我想，對方尚未採取行動前，我們也不要先發動攻擊。剛才那個叫傑克的說，在黃昏來臨的前一刻都不會攻打我們，所以我們要做好準備。城堡內有守備的士兵嗎?」

「不知道!」西里爾說道。「是這樣子啦。我們剛才在想，眞希望住在被敵軍包圍的城堡內，後來，就完全扭轉局面似的變成了現在這個樣子，等我們從窗口看出去時，外面已紮滿了敵軍的營。而且你也在那裡呢。所以，所以，剛才那些事我們都看到了。喂，這房間很漂亮吧?這完全是眞實的東西哦!」

確實如此。這裡是四方形的房間，四周的石壁厚約一米以上，天花板上有很粗的屋樑。角落裡有個矮門，而從這裡開始，有階梯通往上下兩邊。孩子們走下去一探究竟，發現下面是個拱型天花板的廣大守衛站。城門的正面大門是鎖著的，而且是用頂門棍壓著。

從守衛站的角度可通往圓型瞭望塔，而這座塔的一樓是一個小房間，那裡有一個窗戶。孩子們從這窗戶往外窺視。吊橋已被吊起，而大門外吊著另一扇像格子門的重門。大護城河看起來又寬又深。

此外，守衛站的裡面，有通往城堡內的大門，而這大門上又開著小門。孩子們潛入了這個小門走進城堡內。裡面是鋪著石塊的中庭，四方莊嚴地聳立著城堡的各個房間。

中庭正中央，瑪莎正站在那裡把手伸向前面又抽回去。而廚房的芳妮也蹲在那裡，以奇妙的樣子活動著手。但是，最讓我們感到奇怪且可怖的是小弟。因小弟浮在離地面一米的半空中，高興地笑著坐在那裡。

孩子們嚇得跑過去小弟那裡，但是，當安西雅要抱住小弟的一刹那，被瑪莎罵了一頓。

「不要動他，讓他自己玩啦！乖巧的坐在那裡，何必去動他呢！」

「可是，小弟，他在幹嘛？」安西雅問道。

「幹嘛？他坐在自己最喜歡的兒童椅上，乖乖地看著我燙衣服不是嗎！好啦，你們去那邊玩啦。哎呀，熨斗又涼了。」

說著，瑪莎走近芳妮旁邊，用隱形的攪火捧，攪著隱形的火。而芳妮好像也是將隱形的料理，放入了隱形的烤爐內。

「快去那邊玩嘛，不然就來不及準備午餐了，你們一直站在這裡那怎麼行呢，快快，快去那邊玩！」

「可是，小弟眞的沒問題嗎？」珍擔心地問道。

「只要你們不去動他，就不必擔心他會掉下來啦，今天，小弟特別令人感到礙事呢，如果你們願意，就快點帶走吧！」

「嗯，不用啦，不用啦！」西里爾急忙說著逃離了那裡。

西里爾他們不久就要和敵軍大戰。所以，即使小弟是浮在隱形的廚房半空中，但是仍比到被敵軍包圍的守衛站來得安全。西里爾他們通過剛才走進來的門口，再度回到了守衛站，無精打采的坐在那裡的長椅上。

「哎呀，怎麼會變得這麼奇怪呢？」安西雅與珍，異口同聲地說道。

然後珍又說道：「完全像來到了精神病院一樣。」

「到底，這是怎麼一回事呢？」安西雅說道。「都是你不好啦，我不喜歡這樣，爲什麼不想些比較乾脆的事呢！」

「現在再講這些，都沒有用啦！」羅伯特有些生氣地說道。

但是，西里爾卻說：「喂，安靜一點，我正在想呢——」

然後，西里爾用雙手遮住臉思考著。

其他孩子們環視著四周。這個守衛站，往旁延伸，而天花板成拱形，兩邊排列著木製桌子，最內側有高起的臺，那裡也有一個桌子，房間黑暗，地板上散佈著像樹枝的東西，它的氣味並不好聞。

這時，西里爾突然抬起頭說道：

「喂——知道了，我想，一定是這麼一回事。我們曾經拜託沙米亞德，不論我們發生何種魔法，都不要讓瑪莎她們知道，是嗎？而且，沒有特別叮嚀，小弟也不會捲入魔術是嗎？所以，瑪莎她們根本不會注意到這座城堡的事，而且，城堡是聳立在原本是家的地方，才會變成這種模樣。我們看不見房子，而瑪莎她們看不見城堡。」

「不要再說了！」珍說道。「不知爲何，頭腦裡面變得非常雜亂。現在怎麼樣也都無所謂了，只是，待會看不到午餐，那才傷腦筋呢——因爲，看不到的東西也無法觸摸，更無法吃不是嗎？一定沒錯！我剛才摸過小弟的椅子，確實沒有摸到。又不能吃空氣之類的東西，哎呀，我好像已經，很多天、很多天、很多天，都沒吃過早餐呢！」

「說這些話也沒有用啊！」安西雅說道。「再去探查看看好嗎？也許會發現任何可以吃的東西也說不定啊！」

聽她這麼一說，大夥的心情也突然開朗了起來。

孩子們繼續去探查城堡。這座城堡的確是非常莊嚴美麗，而且任何日常用品及裝飾品，都沒有可挑剔的地方。但是，卻沒有發現任何的食物及軍隊。

「即使被包圍，也應該去想一座備有食糧及軍隊的城堡啊！」珍生氣似地說道。

「哪裡會想到那麼多呢？」安西雅說道：「馬上就是用餐時間了。」

但是，其實還沒到用餐時間，然而孩子們搖搖晃晃的走過來，觀賞著瑪莎和芳妮在中庭正中央所做的不可思議的事。對孩子們來說，隱形的廚房是到哪裡，一點頭緒也沒有。這時，瑪莎端著隱形的盤子從中庭走了進來。慶幸的是，屋內的廚房和城堡的宴會場在同一個地方。但是，當孩子們知道他們絲毫看不見這些料理時，是多麼的失望呢！

孩子們以悲慘的心情，注視著瑪莎切隱形的羊肉，分配隱形的蔬菜及馬鈴薯的模樣。當瑪莎走開後，四個孩子眺望著沒有任何東西的餐桌，然後相互注視著對方的臉。

「不會有比這更悲慘的事了！」

到目前爲止沒有特別去在意用餐這件事的羅伯特說道：

「我肚子不很餓。」

安西雅如往常般想要使其他人振作起來。西里爾則是誇張地重新繫好腰帶，而珍卻哇哇地哭了出來。

# 7 包圍攻擊

孩子們無精打采地坐在城堡的黑暗宴會場上，所排列的許多長椅之中的一個。

這時，西里爾突然摸著口袋大叫道：「喂，你們看，是餅乾耶！」

雖然已變得稀爛，但那些確實是餅乾，尚保有原型的有三片，而一大堆變成粉及碎片的餅乾也堆滿了手心。

「今早芳妮給的，我卻忘了。」

西里爾把這些餅乾公平地分成四等分。

四個人一語不發高興地吃著，因爲一整個上午，和各種東西——蠟啦、風箏線啦、松果啦——一起裝在西里爾的口袋內，所以攙雜著各種氣味。

「可是，西里爾，雖然你剛才清楚地解釋了看得見與看不見的東西，那麼，爲什麼麵包及肉，我們看不見，而這個餅乾卻看得見呢？」羅伯特問道。

「這個我也不知道啊！」西里爾邊想邊說道。「是不是因爲我拿著呢？在我們身上的任何東西都沒有改變啊。所以，裝在我口袋裡的所有東西也都看得見啊。」

「那麼，只要我們拿著，羊肉也一定看得見。嗤，眞想看到羊肉在哪裡呢！」

「可是，即使是羊肉，沒有放入口袋內，就不能當做是我們的東西啦！」

「說不定可以放入口袋內呢！」珍想起餅乾這件事後如此說道。

「傻瓜，哪有人會把羊肉放入口袋呢？」西里爾說道。「可是，你們等一等，我來試試看！」

西里爾把臉低下，至離桌子十公分處，就像在吃空氣似的張開嘴又閉上嘴。

「這樣做也沒用的啦！」已完全失去信心的羅伯特說道。

「沒有用啦——哇！」

西里爾滿臉得意地把方形麵包吊在嘴裡站了起來。

這麵包確實是眞的。大夥都看見了。當西里爾啃著麵包時，拿在手中的那一份消失了。但是大夥還是很放心。雖然看不見、摸不著，但他們知道它是在手中。西里爾再一次把手拿近嘴邊，大口咬了空氣，這裡咬進口中的那一份又變成了麵包。

這時，其他孩子們也把嘴伸向桌子大口大口地吃著。羅伯特抓了一塊羊肉——

但是，關於這無趣的光景就不要多說了。總之，孩子們都以這種方式吃了很多羊肉。

不久之後，瑪莎端來了點心，但瑪莎說她從未見過這麼亂七八糟的餐桌。不過，重要的是大夥都吃到了東西，所以孩子們鼓起了勇氣等待著，在黃昏之前即將開始的敵軍的攻擊。

大統帥羅伯特建議，登上其中一個塔偵察敵情，因此，大夥都登上了塔，從那裡可看得到四周的所有景色。大護城河的周圍任何一邊，密密麻麻地都是敵軍的帳篷。當孩子們看到每一個軍隊都爲了擦亮武器、重新裝上弓弦、磨盾而忙碌時，忽然感覺有些恐怖。從對面來了一整隊拖著原木的馬，看到此情景的西里爾，立刻蒼白著臉，因爲他知道那根原木就是破城的大槌。

「幸虧有一個大護城河！而且吊橋也已經吊起來了——不然的話，我們又不知道如何吊起吊橋。」西里爾說道。

「可是，被敵軍包圍住的城堡，它的橋一定是吊著的呀！」

「可是，這麼說來，這裡該有守備兵，不是嗎？」羅伯特問道。

「可是，也許這座城堡已固守了很久也說不定啊。」西里爾有些失望的說道。

「勇敢的武士可能都已死了，而且糧食也已吃完，現在只剩下極大膽的倖存者守在這裡——那就是我們。我們即使到死都想死守著這座城堡。」

「那麼——想要死守的話——首先該做些什麼呢？」安西雅問道。

「利用武器嚴加防守自身——然後，等敵軍來襲時，就射擊。」

「從前，如果有包圍軍已來到跟前時，就從上面把煮開的鉛水潑下去，」安西雅說道：「上次和爸爸一起到巴德安城堡時，爸爸告訴我哪個是潑鉛水的口。而且，我在這座城堡的守衛站上，也看過類似的洞。」

「可是，我希望這只是場遊戲。目前這些事，其實只是一場遊戲，是嗎？」珍有些擔心的說道。

但是，沒有人回答她這個問題。

經過找尋後發現，城堡內有許多不曾看過的武器。西里爾說假如把這些東西佩帶在身上，那麼，這真的就叫做「嚴加防守」身體。那是因為劍啦、槍啦、石弓啦都非常重，即使連勇猛的西里爾，都認為這些東西太過笨重了。他們當中，甚至於沒有人能夠彎曲長弓，至於短劍，更是無法舉起。所以珍想，即使敵軍來到可揮刀交鋒的近距離，他們也毫無辦法。

「沒關係啦，把它當做飛鏢來用就可以啦。」西里爾說道。「不然，當敵軍來到下方時，扔到他頭上嘛。對呀——中庭的對岸有許多石塊呢。把那些拿一點來怎麼樣啊？當敵軍想游過大護城河過來時，就把它投到他們頭上。」

因此，不一會兒工夫，偵察塔上的房間，就已堆起了一座小石山。而且，也築起了令人恐懼的光銳短劍及刀山。

安西雅爲了多拿些石塊而走到了中庭，這時突然想起了一個很棒的點子。因此，跑去瑪莎那裡說道：

「能否拿一些餅乾當點心吃呢。我們正在玩城池被敵軍包圍的遊戲呢，所以需要一些餅乾來當作守備兵的糧食。我的手很髒所以能不能替我把餅乾裝入我的口袋呢？我會告訴其他孩子們，也來拿餅乾。」

這眞的是很棒的構想。當瑪莎把空氣塞進大家的口袋時，它立刻變成了餅乾，而這些東西，將是黃昏來臨前，守備兵的最佳糧食。

因孩子們知道這座城堡沒有煮好的鉛水，所以只好以鐵水壺裡的水代替了。午後很快的過去了。在這期間，西里爾、安西雅及珍，就像玩遊戲般歡鬧著，但是，剛才已去過帳篷那邊的羅伯特，經常突然覺得，這絕對不是一場遊戲。然而，對其他三人來說，只有剛才老遠地看了一下包圍的軍隊，所以他們認爲這整件事，就像一半是遊戲、一半是現實的，毫無危險性的夢境。

當他們認爲到了點心時間時，就從中庭的深井打水上來吃著餅乾。這時西里爾提議留八片餅乾，以防戰爭到達激烈地步而神志不清時，可以拿來提神。因此，當他把備用餅乾收在沒有門，像石櫃一樣的地方時，突然傳來的聲音，使西里爾弄掉了三片餅乾。

這聲音是幾乎震破空氣的尖銳喇叭聲。

「你看，是眞的，他們要攻進來了。」羅伯特說道。

孩子們跑過去槍眼的地方。

「對，他們走出了帳篷急促移動著，」羅伯特說道：「哇，傑克那小子，在橋那邊跑來跑去呢。我對他吐吐舌頭，這小子，如果看到了該有多好。哎！」

但是，其他孩子們因太恐懼而根本沒有吐舌頭。

「羅伯特，你眞的好堅強哦！」安西雅佩服的說道。

「嗤！」西里爾原本蒼白的臉現在已脹紅了。「這算什麼，羅伯特從早上就見過各種情況，所以已做好了勇猛作戰的準備。可是，我剛才是遭到突擊啊，我也能立刻變得堅強勇敢的！」

「你在說什麼呀！誰比較勇敢還不都一樣嗎？」珍說道：「西里爾都是你啦，說什麼想住在被敵軍包圍的城堡，笨蛋。我不喜歡這種遊戲嘛！」

「喂，這可不是什麼遊──」安西雅阻止羅伯特繼續說下去。

然後，安西雅就像哄珍似的說道：

「可是，珍，這不是很有趣嗎？那些人是無法進入城堡內的。即使進來了，一位優秀的士兵，對女孩及孩子們是不會做出粗暴行爲的。」

「可是，那些軍人眞的是優秀的士兵嗎？」珍害怕地喘著氣說道。

「當然啦！」安西雅充滿活力的說著，用手指著槍眼的外面。「妳看，附在槍頂的小旗子，不是很漂亮嗎？看看那位元帥的英姿！羅伯特，那人就是威爾元帥對不對呀？就是騎在那隻粗暴馬背上的人啊！」

珍好不容易轉換了心情，然後窺視著外面。外面的景色是優美的、動人的，絲毫不恐怖。綠色的草坪、白色的帳篷、飄揚著三色旗的槍、閃爍的鎧甲頭盔、鮮豔的圍巾及上衣——這一切就像一幅美麗的彩色圖畫。

不一會兒，當喇叭聲停止後，傳來武器碰撞聲及人聲。

不久，喇叭手來到了護城河的邊緣——現在看起來，這個護城河比剛才又窄又小——又吹著喇叭。孩子們從沒聽過像現在一樣這麼久、這麼尖的喇叭聲。當這個令人耳鳴的喇叭聲停止後，喇叭手大聲叫道：

「喂，聽著，城堡裡的！」

這聲音清楚的傳進了在偵察塔上的守備兵耳裡。

「喂，聽到了！」西里爾立刻大聲喊道。

「以我君王及我統帥威爾．特．達博之御名，勸你們快點投降。如不投降，我軍即將突擊，使你們無法採取任何手段。投降吧！」

「不！」羅伯特大聲喊叫。「當然，絕不、絕不、絕不！」

護城河對岸的男子回答道：

「那麼，悲慘命運即將降臨你們身上！」

「來，吶喊聲！」羅伯特以銳利的眼光對兄弟姐妹們私語著。

「我們以吶喊聲裝出我們不怕。唏哩嘩啦的撞擊我們的劍，提高聲勢。一、二、三、哇、哇、哇！再一次，哇、哇、哇、哇！」

這吶喊聲確是尖銳刺耳的聲音，但並非強而有力。但是短劍的碰撞聲，卻鼓舞了四人的勇氣與力量。

從護城河對岸也響起了聲音。被敵軍包圍的城堡的戰將們認爲，攻擊已經開始了。孩子們所在的房間已經暗了。珍想，黃昏馬上就要來臨了，所以有些振作了起來。

「那個護城河怎麼那麼狹窄呢？」安西雅說道。

「但是，即使他們游過來，城牆也會擋入他們進入內部的。」

羅伯特安慰道。但就在這當兒，從階梯傳來腳步聲。有腳步聲及金屬碰撞的聲音。大夥在這時都屏住了呼吸。腳步聲通過四人所在的房間外，往上面一直走去……羅伯特沒出任何聲音地跑到門口，脫下了鞋子。

「在這裡等著！」

羅伯特向他們私語，然後走到外面，悄悄地跟在重長靴及馬蹄聲的後面。

羅伯特窺視了一樓上面的房間，那男子在那裡，他就是傑克。傑克被護城河的水弄濕了，他正在擺弄著卸下吊橋時所使用的工具之類的東西。

羅伯特迅速關上了這房間的門，而當傑克轉過頭跑到門邊時，已經從外面，把原本就已扣在鑰匙孔內的鎖扣在門上，然後一口氣跑到偵察塔最下面的房間。那裡有一個大窗。其他孩子們也走出了剛才那房間，跟隨在羅伯特的後方。

「不把這扇窗關掉是不行的！」羅伯特大叫道。

正是千鈞一髮之際，因爲，另一個男人已游過護城河，把手搭在窗戶邊。不知道他是如何從水中攀上城牆的。他的手指正爲了抓住窗框而掙扎著，羅伯特拾起地上的鐵棒，用力捶著他的手指。「叭！」男子掉入了河中。

羅伯特飛舞著身體，跑到房間外面，關好門、扣上大鎖，對西里爾他們大聲說道：

「喂，開始了！你們幫我忙！」

四個人聚集在守衛站，呵呵地喘著氣，相互對望著。

珍張著一張大嘴站在那裡。

「珍，沒關係啦，天馬上就要黑了。」羅伯特說道。

這時從上面傳來咯吱咯吱聲及物品掉落了的嘩啦嘩啦聲。四個人腳底的鋪石搖晃著。匡噹一聲，傳來了可怖聲音，他們知道是吊橋被放下來了。

「傑克這小子，他竟然做到了，」羅伯特說道：「但是，我們還有一個格子門啊。只要它關著，那些人就無法進來了。而且，從傑克所在的地方根本沒辦法上來。」

吊橋被通過上面的馬蹄及士兵的腳步踩踏著，發出空洞的聲音。

「來，快點，到上面去！從他們的頭頂上丟石頭下去！」

羅伯特喊著，這時連女孩子們也爲之精神抖擻。四個人急忙隨羅伯特後面登上剛才那個房間，按照羅伯特的指示，從槍眼丟下許多石塊。下面一片混亂，並且還傳來呻吟聲。

「哎呀！是不是有人受傷了呢？」安西雅停止丟石頭的手說道。

羅伯特生氣地搶過石頭說道：

「有人受傷那是値得慶幸的事啊！唉，有煮好的鉛水，該有多好。投降？那怎麼可能呢！」

橋上的腳步聲愈來愈急促，然後暫時靜了下來。不久又傳來了雷聲般的轟隆轟隆聲。他們正用破城槌，試著打破格子門。

孩子們所在的小房間已經完全暗了下來。

「我們堅持到現在了，絕不能投降的！喂，把那水倒下去吧。雖然倒下去沒什麼用，可是最起碼能讓他們濕透啊！」

「好可怕哦。不覺得投降比較好嗎？」珍說道。

「絕對不行！」羅伯特說道。「若是和平談判，那可以。但是絕不投降。啊，我長大後要成爲軍人，一定要成爲軍人。」

「哎呀，快點揮手帕，表示要談和啦！」珍請求似的說道。「今天，好像一整晚太陽都不會下山呢！」

「不管怎樣，快把水倒下去——倒在那些壞蛋身上！」

已經非常奮起的羅伯特說道。

這時安西雅把水倒入了最近的鉛孔內。從下面傳來了唰唰聲，但好像沒有澆到任何人。然而再一次傳來轟隆轟隆，以破城槌撞擊格子門的聲音！安西雅停住了倒水的手。

「什麼嘛，傻瓜！」躺在地板上，從鉛孔窺視下面的羅伯特說道。「從這個孔把水倒下去，會灑在下面的守衛站。敵人都還沒有撞破大門，妳就從這孔倒水下去，這那會澆在敵人身上呢！來，把水壺借我用！」

然後，羅伯特來到有槍眼的地方，開始把水往外面潑出去的一剎那，所有的聲音都停止了。破城槌發出的轟隆聲、敵兵的腳步聲、「投降吧！」「威爾元帥萬歲！」等叫聲，完全像蠟燭熄滅般一起停止了。小小的黑暗房間也完全變了。當一切恢復原來的模樣時，孩子們都平安的回到了自己家中的寢室內。

孩子們全跑到窗邊往外面眺望。看不到護城河、帳篷、及包圍的敵軍──那裡有的只是開著大理花、金盞花及剩幾朵薔薇的凌亂庭院。然後，對面是鐵柵欄和白色道路。

孩子們一起喘了個大氣。

「你看，沒事了。我剛才說過了吧？而且我們到最後都沒有投降。」羅伯特說道。

「是我說想住在城堡裡的，你們也覺得很不錯吧？」西里爾也問道。

「現在想來，好像還滿不錯的，可是，西里爾，我不會再想住在城堡了。」

安西雅慢慢說道。

「哦，其實眞的很不錯！」出乎意外地，連珍也如此說道。

「我剛才絲毫不覺可怕呢！」

「嘿嘿，可是──」安西雅阻止了西里爾要說的話。

「是啊，珍，妳沒有害怕。而且──」安西雅說道。「到目前爲止我們所許的願望中，沒有和外人發生糾葛的，今天是第一次呢。眞的太好了。我們也知道羅伯特是多麼的勇敢——當然啦，西里爾也如此！」安西雅忽忙說道：「珍也非常勇敢。而我們也沒有令瑪莎生氣——」

說出這句話時，房門被可怖的力量推開了。

「你們，不感到羞恥嗎！？」

是瑪莎的聲音。從這聲調中，孩子們知道她是非常生氣的。

「你們，有一天不調皮就不會甘心是吧。好不容易有了空暇，想在玄關小憩一會兒，你們竟然把洗手水倒掉了！好，今晚你們沒有晚餐了。快睡吧，而且，希望明早起來後，大家能變乖一點。我講一遍你們該聽懂了吧，若十分鐘後還沒睡覺，那麼我會嚴厲地教訓你們的。我的帽子被淋得亂七八糟呢！」

瑪莎根本不聽孩子們的道歉及辯解，就氣沖沖的走出去了。孩子們眞的深感抱歉，但是，這不是孩子們的錯，因爲正當他們拿水潑包圍的敵兵時，城堡忽然變成了家，這時，即使水潑在某人的帽子上，他們也毫無辦法，不是嗎？

「可是，爲什麼只有水沒有變成空氣呢？」西里爾說道。

「不是，一定只有水在魔術中仍不會改變！」

「城堡的水井，一定和這個家的馬房那裡的水井是一樣的。」西里爾說道。

這確實是事實。

「不論是何種願望，都會發生一點麻煩的。」西里爾說道：「不然，故事就太乏味了。喂，羅伯特元帥，到我們房間睡吧。只要我們乖乖的躺在床上，瑪莎的心情就會轉好，說不定還會拿晚餐給我們吃呢。我肚子好餓哦！那麼，晚安，安西雅、珍！」

「晚安，希望在夜裡，城堡不要悄悄地回來。」珍說道。

「當然，不會回來了。」安西雅急忙說道：「可是，瑪莎會來哦，不是在夜晚，而是現在馬上。若不快睡覺，她又要生氣了。來，朝這邊，我幫妳解開長裙的釦子。」

「如果威爾元帥知道了城堡內一半的敵人是穿裙子的女孩子時，不知會不會感到羞恥呢！」

珍像做夢似的說道。

「然後，另外兩人是穿著燈籠褲的男孩子。這種事對那位元帥來說確實是羞恥的事——非常地。不要動嘛——不然沒辦法解開釦子啊！」

# 8 巨人

「喂，我想到了一件很棒的事。」西里爾說道。

「耶！真難得哩！」羅伯特挖苦地說。

「哪有！才不是開玩笑呢。」

「羅伯特，」安西雅說道：「你不要這麼壞心眼嘛！」

「來，西里爾要演講了，各位肅靜肅靜！」羅伯特說道。

這時大家都在後院。西里爾靠在水井水桶邊開始說道：「各位先生、小姐們，我們發現了沙米亞德。我們曾擁有過翅膀，也像花一樣美麗過──哦！那太可怕了──也擁有過財富，也當過城主，也差一點讓吉普賽人把小弟搶走，確實碰到了各種嚴重的事。但是，和以往相比也沒有增長什麼。並沒有因爲願望實現，而有什麼特別呀！」

「但是，也經歷了許多新鮮事啊，那些不算特別嗎？」羅伯特說道。

「可是，若不是好事，那也沒用啊！」西里爾斷然說道。「所以，我想過了──」

「真的嗎？」羅伯特嘟噥地說道。

「我想通了一件事——那就是愈拚命思考，愈無法想出好點子，但是，一個不很認真的人，反而可能會想出很棒的點子呢！」

「有道理！」羅伯特說道。

「不很認真又有些愚蠢的人類——例如，像羅伯特這小子，即使沒有絞盡那顆笨腦袋——喂，你幹嘛！別這樣，羅伯特！」

在水井水桶旁扭在一起，並非是件有趣的事，倒是會把全身弄得濕淋淋。當吵架過後，濕衣服有些吹乾時安西雅說道：

「羅伯特，都是你一開始就喜歡亂說話啦，若心情已平靜，那麼我們再聽聽西里爾說些什麼，不然，什麼事都還沒做，又要到中午了。」

「那麼，只要羅伯特同意，剛才的吵架就暫停了。」西里爾仍捧著衣襟說道。

「那麼，暫停。額頭上冒出了乒乓球大小的腫包了啦。」羅伯特仍氣急敗壞地說道。

因安西雅親切地把有些變髒的手帕借給了他，所以羅伯特也就靜靜地把它弄濕冷敷在額上的腫包。

「說嘛，西里爾！」安西雅催促著。

「所以啦，我們暫時忘掉許願這件事，去玩平時常玩的山賊遊戲或戰爭遊戲嘛，這麼一來，必會在不經意的情況下想到有趣的點子。每次還不都是這樣嗎？」

其他孩子們也贊成了。他們決定去玩山賊遊戲。

起初，羅伯特還有些勉強，但是，當安西雅從瑪莎處借來紅色水珠花紋手帕綁在他頭上時，突然整個人振興起來。羅伯特在此所扮演的角色是前一天爲了救出山賊頭目而受傷的勇士。四個人都分配好角色後便把弓箭揹在背上，樣子非常英勇，接著腰上吊著洋傘及球棒時，那樣子確實像極了道道地地的山賊。他們在小弟的嬰兒車上蓋了紅藍格子的桌巾後，它就變成了運貨馬車。小弟雖然睡在裡面，但不足以妨礙到他們。

這時，一群山賊就朝砂石場出發了。

「說不定突然會想起某個好點子呢，所以最好走到靠近沙米亞德的地方。」西里爾說。

但是，一想起可能突然會浮現好點子，即使是山賊遊戲——或其他更有趣的遊戲——仍無法讓孩子們集中精神。正當他們對此遊戲感到厭倦而大夥開始說著別人的壞話時，麵包店的小伙計提著裝有烤麵包的籃子經過這裡，這使孩子們無法忍耐，並抓住了這個機會。

「放下身上的東西再走！」西里爾叫道。

「如果想保命，拿錢來！」羅伯特也說道。

然後，西里爾與羅伯特從兩側挾持了小伙計，但是，不幸地，小伙計並沒有完全融入山賊遊戲的氣氛當中。

「別吵了！閃開！」說著，小伙計輕而易舉的把山賊群推開了。

小伙計其實是個非常高大的孩子。

因此，羅伯特想用珍的跳繩套住小伙計，但繩子沒有套到肩膀，反而纏住了腳，所以小伙計被絆倒了。籃子翻了，裝在裡面的那些美味可口已烤好的麵包，滾落在滿是白堊的路上。女孩子們為了集中麵包而跑了過去，羅伯特和小伙計不一會兒工夫就扭成一團，至於西里爾為了不讓任何一方使用卑鄙手段，而變成了裁判員。

羅伯特被麵包店的小伙計揍得唏哩嘩啦，而在今天羅伯特已被揍了二次，況且，小伙計還違反規則，拉羅伯特的頭髮、踢他的膝蓋。（羅伯特總是到後來才會說，當時若沒有女孩子在場，一定會把他揍得亂七八糟。可是，你相信嗎？）無論如何，兩個人扭在一起的結果，就是剛才說的這個樣子，所以，對一群自尊心強的孩子們來說，這真的是重大打擊。

正當西里爾拋掉上衣想幫助羅伯特，以便不失體面時，珍跑來緊緊抱住不放，並說，西里爾不要，會被揍得很慘的。各位應該可以體會，羅伯特聽到珍說這句話時的心情吧，但是，在這時候，竟然連安西雅也跑來夾在羅伯特與小伙計之間，纏住那個卑鄙的、粗魯的傢伙的腰請求他，不要再打了。

「拜託，不要再打羅伯特了！他沒有惡意啦，只是在開玩笑罷了。羅伯特也一定感到非常抱歉呢！」安西雅哇哇地哭著說道。

這對羅伯特來說，是件非常不禮貌的舉動。但是，假如這個小伙計是個英勇的孩子，因而接受了安西雅的賠禮，停止打架，那會有何種結果呢。那麼羅伯特不就完全失去了還手的機會嗎。然而，這種顧慮——假設羅伯特也曾有過這種顧慮——完全是多餘的。

騎士精神這類東西，對這個小伙計來說，是另一個星球的事。所以，小伙計把安西雅咯地一聲撞倒後，又罵得很難聽，然後用腳踢呀踢的，把羅伯特攆到了砂石場。當他一到達砂石場，就再往羅伯特身上補了一腳，讓他滾倒在沙上。

「這下總該想通了吧，小鬼頭！」小伙計這樣不斷說著壞話走掉了。

這當兒西里爾是在做什麼呢，他因爲被珍使盡全力纏住，所以沒辦法追趕羅伯特，當珍好不容易鬆開纏著西里爾的手時，爲建立他的威嚴而趕去砂石場。兩個女孩子也哭著跟隨在後。

三個人沒精打采的跌坐在因懊恨而悲慟欲絕的羅伯特身邊。

西里爾氣珍緊緊抓住他不放，羅伯特對安西雅說那些話大發雷霆。女孩子們垂頭喪氣，而這四個人都認爲麵包店的小伙計太可恨了。

不久，羅伯特以腳尖及手迅速的挖著沙洞說道：

「等著瞧吧，等我變大再說！膽小鬼！畜生！可惡的傢伙！我一定要報仇。只因爲長得比我高，就這樣欺負我。」

「可是，找碴兒打架的是羅伯特你呀！」珍不客氣的說道。

「那個我知道啊，傻瓜！可是，那是遊戲不是嗎。來，你們看，被踢成這個樣子！」

羅伯特拉下襪子，展示了紅紫的傷痕。

「啊，我希望快點變得比那傢伙更高大！」

把手指插入沙中挖掘的羅伯特突然跳了起來。因爲他的指尖觸到了某種長有毛的東西。

當然，那就是沙米亞德。

（西里爾後來說道：「牠爲了讓我們吃癟，所以等在那裡的。」）然後，羅伯特的願望立刻實現了，他變成了比麵包店小伙計更高大的孩子。只是，他那種大是非常非常大。因爲沒有人帶著尺，所以說不出他有多長，但是，總比你爸爸踩在你媽媽頭上的長度還長。（當然，你爸爸不會做出踩在你媽媽頭上這種過分的事囉。）

羅伯特的身高好像比三米還高，而寬度也像高度般延長了。值得慶幸的是，衣服也和羅伯特一起變大了。所以，目前的情景是，羅伯特翻下巨大的襪子，展示著像怪物般的巨大傷痕。

像巨人般大而且脹紅的臉上，還留著大滴眼淚。羅伯特作出了驚嚇的表情。那樣巨大的身軀上穿著兒童服裝，模樣太過奇怪，使其他孩子們不得不笑了出來。

「沙米亞德這小子，又欺騙了我們。」西里爾說道。

「不是我們，是我而已。」羅伯特說道。

「如果你們有點同情心，陪我變成一樣大小就好啦！」

「可是，我不想。那樣子好奇怪！」

西里爾說道，但安西雅立刻阻止了。

「不要再說別人壞話了。今天你們怎麼了？西里爾，我認爲我們不應該惡作劇了。而且讓羅伯特一人變成這樣子，不覺得很可憐嗎？再一次把沙米亞德叫出來，可能的話請求牠把我們也變成同樣大小如何。」

其他孩子們也勉強答應了。

但是，叫出沙米亞德後，牠並沒有替他們這麼做。

「不行！」沙米亞德以腳搔著臉不高興地說道。

「羅伯特是粗魯又不懂禮貌的小孩。讓他暫時變成巨人以表警惕。爲什麼又拿潮濕的手挖我的洞呢？差一點就被那手觸到了呢！眞是魯莽。還是石器時代的孩子考慮周到。」

「喂，去那邊，讓我休息一下好嗎？為什麼你們不許一些有用途的願望呢？像吃的啦、喝的啦、禮貌啦、好心情啦這些嘛。好啦，快走吧！」
沙米亞德揮著鬍鬚、咆哮似地說著，把冷酷的背朝向孩子們。孩子們也想到，再請求可能也沒用了。
西里爾他們再度面向銅像般的羅伯特。
「怎麼辦？」大夥異口同聲說道。
「我要先去找那個麵包店的小伙計算帳。再往下走一點就會到的。」羅伯特氣憤地說道。
「你，不要揍比你小的人嘛！」
「我看起來像會揍人的樣子嗎？」羅伯特輕蔑似的說道。「要揍，不如殺了算了。但是，我只要嚇唬他而已。待會，我要穿好襪子。」
然後，羅伯特拉起像小枕頭套般寬的襪子，慢吞吞地走出去了。
羅伯特的步距有二米左右，所以不一會兒工夫就到了山腳，碰巧剛好等到了送麵包回來的那個麵包店小伙計。
羅伯特躲在堆積在路邊的農家的稻稈捆後面，然後當毫不知情的小伙計吹著口哨走過時，突然跳出來揪住了他的脖子。

「嗯，怎麼樣啊！」羅伯特就像他身體般，比平常大了四倍左右的聲音說道。「讓我來告訴你，踢開比自己還小的孩子，到底是對是錯？」

羅伯特拎起小伙計，擺在五米高的稻稈堆上，自己坐在旁邊的小牛舍屋頂，說盡了壞話。但是，不知道小伙計到底有沒有聽進去，因爲他太過驚嚇而整個人呆在那裡。羅伯特說盡了他的壞話，偶爾他會重複同樣的話。他不斷地搖晃著小伙計。

「好了，看你怎麼下來，隨便你囉！」

說著回到了兄弟姊妹所在的地方。

然後，我也不知道他是如何下來的。我覺得小伙計滿可憐的，但是，小伙計也應該明白，小朋友之間扭打在一起時，可用拳頭，但絕不能用腳去踹。

當羅伯特回來時，其他孩子們都在庭院。

安西雅想出了請求瑪莎讓他們在院子用餐的好點子，因爲餐廳太小，不方便變大的羅伯特走進去。一整個上午都乖巧地睡在嬰兒車上的小弟，由於打了個噴嚏，所以瑪莎說應該讓小弟進屋裡，並把小弟帶走了。

「眞的正好呢。看到你這種巨人，小弟一定會哭個不停！」西里爾說道。

羅伯特眞的非常高大，高大到如果去服飾店訂做衣服，那一定是「超特大號」。所以，他也

能輕而易舉的跨越外面的鐵柵欄。

瑪莎把午餐端來院子，那是牛肉及烤馬鈴薯，之後又附加了布丁和燉李子。

當然，瑪莎不會注意到羅伯特已經變大了，所以，只分給他了平常的份量。你的身體變成原本的四倍看看，一定會覺得平常的份量太少是吧。羅伯特「嗯」的發出聲音，並說想要比平常更多的麵包。但是，瑪莎一直沒有讓他再來一份。瑪莎非常匆忙，因爲上回認識的獵場看守人，在今天前往鄰鎮的慶典途中要順路來訪。所以，瑪莎打算在這人還沒到之前打扮好。

「眞希望我們也去觀賞慶典。」羅伯特說道。

「你如此龐大，是什麼地方都不能去的。」西里爾說道。

「爲什麼，慶典那種場合，不是經常會有我這種巨人出現嗎？」

「說得也是！」西里爾說這句話時，珍「啊」地喊了一聲。因爲事情發生太過突然，所以大夥以爲李子籽哽住了喉嚨，因而大吃一驚，且拍打著她的背。

「不是啦！」珍被拍得呼呼喘著氣說道。「不是喉嚨被哽住啦。是想起了很棒的點子。我們帶著羅伯特去觀賞慶典，然後，把他當做展覽品賺錢怎麼樣啊？那麼，這次可總算是讓那個沙米亞德吃癟了。」

「帶著我去？」羅伯特生氣地說道。「在說什麼呀，應該是我帶你們去吧！」

結果，羅伯特眞的說對了。一開始只有西里爾、安西雅和珍，對此事非常起勁，但不久，羅伯特也感染了他們的心情。因爲安西雅說，從賺得的錢中，只有羅伯特可以拿其他孩子的雙倍。他們必需趕去有慶典的小鎭。

家中的馬車場有一個用小馬拉的小型馬車，羅伯特答應把大夥放到裡面拖到小鎭。因爲羅伯特非常巨大，所以這件事就像推嬰兒車一樣輕鬆。

坐在馬車上被巨人拖拉的心情，是非常奇妙的感覺。除羅伯特外的其他孩子們，充分享受了這個旅程。但是，走在路上的人們，看到此情景時，就像突然患了「直立症」似的站在那裡一動不動。

終於，當他們來到有慶典活動的貝納哈斯多鎭外時，羅伯特躲在別人的倉庫內，而只有另外三人進入鎭內。

有慶典活動的地方已出現了旋轉木馬、氣槍、投圈遊戲等攤子。壓抑著想玩些投圈圈什麼的來贏取東西的情緒，西里爾走近了在氣槍內裝入子彈的胖女人處。

「歡迎光臨，小弟弟！」女人說道。「一發子彈是二便士！」

「不是，我不要來玩的。我是有事找妳。」西里爾說道。「這裡的主人是哪一位呢？」

「這裡的什麼？」

「店主。這個展示場最大的人——老闆。」
「就是那邊那個人！」
說著這女人指向那個穿著髒兮兮的衣服，在遮陽棚內打盹兒的粗壯男子。
「可是，不要馬上就去叫醒他哦，不然他會發脾氣的，尤其是這種熱天。如果有事找他，那就等他睡醒吧，趁此空檔可玩一次氣槍啊！」
「這是很重要的商議，能使那人大賺一筆的事，如果我把這件事拿去和別人商量，你們一定會非常失望的。」
「你說是，能賺錢的事嗎？」女人說道：「眞的嗎？是那種生意呢？」
「是巨人！」
「不要說謊哦！」
「不信去看嘛！」
這次換安西雅說道。
這女人好像不相信似的看著三個孩子，然後叫來一個顯得髒兮兮的女孩，吩咐她顧店，且對安西雅說道：「那麼，我們快走吧。假如你們是在說謊，就快告訴我，我是個很和藹可親的人，但是我家那個比爾，可沒那麼——」

安西雅站在最前面，一邊把女人帶往剛才那個倉庫一邊說道：「不是在說謊啦，他真的很大，雖然還是個孩子——他像這邊這男孩一樣，穿著兒童服。因爲怕太多人看他，所以沒有帶到慶典活動場所。大家一看到他，就會嚇一跳，並且像得了『直立症』般站著不動。所以，我們想到，你們也許會願意把他展示出來賺錢。而且，只要你們付錢給我們——雖然我們必需要拿到許多錢——因爲已經和這孩子約定要付他多我們兩倍的酬勞。」

這女人雖然在嘴裡嘟喃著什麼話，但因孩子們只聽到了「胡扯！」「蠢事」「瘋子」等字。所以，西里爾他們一點都不明白她說了什麼。

這女人非常用力的抓著安西雅的手，這時安西雅心想，羅伯特會不會趁他們不在時去了別的地方，或恢復了原來的大小。

到達倉庫時西里爾叫著「羅伯特！」這時，乾草沙沙地響著，不久羅伯特就出現了。起初出現了羅伯特的手和臂，然後是腳。這女人看到手時說道「哎呀呀」，然後看到腳時又說道「哇！眞嚇人」，最後終於看到羅伯特出乎意料般巨大的整個身體時，驚嚇地順口說出了比剛才「胡扯」「瘋子」更無法讓孩子們了解的話。過好久，才好不容易恢復了平常的樣子。

「我要付多少錢，你們才肯展示出來呢？」她非常專注地問道。「只要是合理的價格，多少我都出。我會爲他準備特製的馬車。對了，我記得有一台舊的，只要把它準備好，一定非常出色——裡面曾經放過象人，他死掉了。要多少呢？這孩子是不是有些遲鈍？巨人這類的人，大都是這種樣子——但是，這種我還是第一次——不，是從沒有看過呢。要多少錢呢？現在馬上現金付清。會讓他吃好的，睡在國王般的臥室內。這孩子頭腦有些不清楚吧，看到你們跟在身旁就知道了。到底要多少嘛？」

「不是由他們獲得這些錢。」羅伯特以可怖的聲音說道。「我才不遲鈍呢。而且，我願意今天一整天作爲展示品。假如——」羅伯特吞吞吐吐地說出了一個大數目。

「能付出十五先令！」

「好，成交！」

因爲這女人立刻就答應了，所以羅伯特覺得酬勞也許太便宜了，他雖然後悔早知應該要三十先令，但已經來不及了。

「來，走吧，去見見我家那個比爾。我們會一次給你三個月的薪水，一星期二英鎊如何。來，走吧。我求求你，儘量把你縮一縮好嗎？」

在這途中，羅伯特的周圍開始聚集著人群，所以當他們到達慶典活動場時，羅伯特已站在熱情的大群遊客的最前頭了。當羅伯特進入最大的帳篷內時，女人爲了去叫比爾而離開了。比爾就是剛才睡午覺的那個男子，他因爲睡午覺被叫醒，所以看起來非常不高興。羅伯特從帳篷縫隙偷

窺，看到這粗壯男子皺著眉頭，搖擺著大拳頭，好像仍沒睡醒似地搖了搖頭。但是女人仍嘴快地繼續說道。

這時，西里爾也像羅伯特般，覺得十五先令太過便宜了。比爾終於慢吞吞地走進帳篷。當看到羅伯特那巨大的身軀時，比爾幾乎無法開口。他立刻拿出了十五先令遞給了羅伯特。

「今天的表演結束後，再來決定你要演出何種特技。」比爾由於太過熱誠，因而以嘶啞的聲音說道。「小鬼，我會讓你住得舒適，所以不要想逃走。哦，對了，你在這裡隨便唱首歌來聽聽——或者，你會跳舞嗎？」

「不，今天不行！」羅伯特拒絕了。

「喂，叫里巴來把這帳篷整理一下，掛個簾幕什麼的。」比爾對老闆娘說道。「眞可惜沒有他合身的緊身衣褲。可是，在本週內一定會作好的，喂，年輕人，今天你眞的走運呢，沒有去別的地方而來了我這裡。那些人會揍巨人，而且還會讓他挨餓呢，所以，說實在的，今天，你的運氣很好。我是個非常親切的人——眞的，我不會騙人。」

「沒有人會揍我的！」羅伯特對那個「親切的人」說道。

羅伯特在帳篷內是支著膝蓋，因爲站著會碰到天花板。雖然羅伯特是支著膝蓋，但仍要俯視其他人。

「我現在肚子很餓了——要不要拿些吃的東西給我呢！」

「喂，貝卡！」聲音嘶啞的比爾叫道。「拿些吃的東西來——拿最上等的哦！」

然後，比爾和老闆娘間又開始竊竊私語著，而孩子們所聽到的卻只是：「明天，首先，第一個——寫契約書」這句話。

然後，老闆娘就過去拿了吃的東西。她拿來的雖然只是麵包和起司，但是，身體龐大、肚子非常飢餓的羅伯特卻非常高興。

後來，比爾走了出去，派一個人看守在帳篷外，並吩咐他如果羅伯特拿著十五先令逃跑，就大聲喊叫。

當孩子們知道他派遣看守的原因時，安西雅憤慨地說道：

「他好像把我們當做是不誠實的人呢！」

但是，總之，就這樣，非常奇妙又驚奇的下午開始了。

比爾是個對賺錢頗有兩把刷子的男人，所以過不一會兒工夫，帳篷內的幻燈、望遠鏡等展示用道具已全部收拾好了，而且隔開裡面的空間，掛上了簾幕——其實是個舊地毯——羅伯特被隱藏在簾幕後面。然後，比爾在簾幕外的舞台上開始了他的演說。

那是一段極精彩的演說——

「今天，你們即將看到的這個巨人，本是聖·法蘭西斯皇帝的弟弟，爲了拒絕與斐濟島的公爵千金結婚，所以離開了祖國，來到了自由之國英國。因爲，我們大英帝國，讓任何人類、任何巨人，都有生存的權利。我非常榮幸把這位王子介紹給各位。」

然後，比爾在最後繼續說道：「最先進入布簾內的只有十個名額，入場費是三便士。之後會增加爲多少，那就不一定囉。來，若要進去就趁現在吧！」

帶著年輕女孩的年輕男子最先走了出來。這人說他並非捨不得金錢，而是因爲女孩堅持要看這個巨人。

帳篷入口處的垂簾被吊起——兩個人走了進去。突然傳來的女孩尖叫聲，振動了那裡的每個人的內心。這一聲尖叫，是宣傳羅伯特之魅力的最佳方法。

「眞的太好了！」比爾拍著大腿對老闆娘貝卡細聲說道。

不久，剛才那個女孩走了出來，她蒼白著一張臉，身體好像在顫抖。

帳篷的四周聚集了許多人。

「裡面是什麼情形呢？」一個男子問題。

「啊——太大了——連話都說不出來，眞的。他有房子那麼大，而且有一張恐怖的臉，令我毛骨悚然。我想，不會再有比這更稀罕的東西。」女孩說道。

所謂恐怖的臉，是羅伯特忍住想笑的一張臉。但是，令羅伯特想笑的，也只有一開始的那段時間罷了。到了傍晚時，羅伯特已經想哭了，然而，比想笑、想哭更想做的一件事卻是睡覺。

到了下午，人群不斷地走進來，而羅伯特面對伸出手來表示想和他握手的人只好也這麼做，其中有些人甚至於拍打羅伯特的身體，或拉，或撫摸，或擰，羅伯特也只能忍耐而毫無其他辦法。因爲這些人群，只是想試試看羅伯特是不是活生生的人。

西里爾他們只需坐在帳篷一角的長椅上，但是這卻是非常無聊的一件事。即使能夠賺錢，但它仍然是最無聊、最艱辛的方法。而且，只能賺到十五先令罷了。比爾把羅伯特展示出來，已經賺到了四倍以上的錢。巨人的傳聞不久就傳遍各地，因此不論遠近的人都搭乘馬車前來觀賞。其中，戴著夾鼻眼鏡、在鈕釦孔內插著大黃薔薇的紳士，親切地悄悄向羅伯特私語請他加入倫敦的水晶宮馬戲團，並說一週要付五英鎊。

「不行吧！」羅伯特深表遺憾地拒絕了。

「那是不可能的事。我不能和你約定一件不可能的事。」

「眞可惜。你已簽了幾年契約了嗎？那麼，這兒有我的名片，等這兒的契約滿了，你最好來我們那裡。」

「就那樣吧，如果到那時我仍維持現在這種樣子的話。」

「不，如果能變得比現在還大，那更好啊！」紳士說道。
當這人走了之後，羅伯特把西里爾叫來說道：
「你去向他說我要休息一會兒。我想吃點心了。」
而帳篷外張貼了這樣的告示——

**巨人用茶時間，暫停三十分鐘**

在這當兒，四個孩子急忙商量著一件事——
「我該怎麼出去呢？我從剛才開始就一直在想這個問題呢！」羅伯特說道。
「只要天黑了，你身體恢復原形時就可以結束回去啦。他們也拿我們沒辦法呀！」
西里爾說道。
羅伯特睜大了眼睛。
「不行啦，如果被他們看到回到原形時的情景，一定會被打個半死的。不，一定要想出其他的方法。太陽快要下山時，必須只有我們在這裡才行。」
「知道了，我會辦好的。」西里爾說著走出了帳篷。

外面，比爾正銜著菸斗站在那裡，但西里爾聽到他對老闆娘這樣竊竊私語：

「這就像是突然滾來了一筆遺產一樣……」

「那個，」西里爾說道：「可以再放一些觀賞人群進來了。巨人已吃完了茶點。但是，太陽快要下山時，請不要讓任何人在旁邊。因爲，每到那個時候，他就會變得很奇怪，所以，這時候若讓他有所掛念時，那麼我就無法保證他會做出什麼樣的事了。」

「嘿！他會變成什麼樣子呢？」比爾問道。

「我不知道該如何形容才好——就是變得很古怪，反正怎麼都不會把他當做一般人就是了。而且，這時候如果旁邊有人，也許還可能會受傷呢！」

西里爾雖然這麼說著，但其中沒有一句是謊言。

「太陽下山後，是不是會恢復原形呢？」

「對，當然。太陽下山後不超過三十分鐘，就會變成原來的樣子。」

「那麼，最好還是讓他放鬆心情吧！」老闆娘說道。

所以，在日落前三十分鐘，到了點幻燈的時間時，西里爾以「巨人用餐中」爲理由，再一次請比爾關掉帳篷。

觀賞人群知道巨人需經常吃東西後，反而覺得非常有趣。

「嗯，他的食量可真大呢，他那麼大的塊頭，如果不常吃一定無法忍受。」

比爾對人群說道。

這時候，四個孩子在帳篷內屏住氣，正討論著退場的方法。

「妳們從現在就走出帳篷逃往回家的方向。」西里爾對女孩子們說道：「知道了沒有，不要去在意那個小型馬車的事了。明天回來拿就好啦。羅伯特和我所穿的衣服差不多，所以一定有辦法逃走的。但是，妳們不先走就麻煩了，因爲我們耐跑，妳們不耐啊。不行啦，珍！不能一起走啦。如果，妳們不先走，那麼，這一生我都不要再和妳說話了。今天會變這個樣子，還不都是早上妳們死纏著我們哇哇地哭著礙事所引起的嗎？快走！」

這時，安西雅和珍沒辦法只得先走了出去。

「我們要回家了，巨人就放在你這裡了，請你好好待他！」安西雅說道。

安西雅到後來非常後悔說了這些話，但是，除了這樣，還有什麼辦法呢。

當兩個人走出去後，西里爾走到比爾面前說道：

「那個巨人說他想吃二、三株麥穗。前面不遠處有一片麥田，我去一下下再回來。哦，對了，巨人說他快窒息了，希望你能把帳篷的下端抬一些起來。但是要掛著布簾，不要讓外面的人看得見。我去拿麥穗的空檔，他可能要睡一覺。只要他說想吃東西，那麼怎麼勸都沒有用的。」

巨人把痲袋舖在身體下面，蓋著舊被單慢慢躺了下來。然後，比爾他們稍微向上吊起了帳篷的後部。當其他人離開這裡時，西里爾和羅伯特悄悄地想好了逃脫計畫。外面，旋轉木馬處，不斷響起滑稽的音樂聲，以便引起人們的注意力。

太陽下山後約過了三十秒。

一個少年走出了帳篷，走過了比爾身邊。

「我去拿麥穗！」

說著，這孩子急忙混入了人群。

——與這差不多相同時間，從帳篷後面的下端又走出了一個少年，走過了正在那裡守著帳篷的比爾的太太身邊。

「我去拿麥穗。」

這孩子也如此說著，然後同樣消失在人群中。

從正面走出去的孩子是西里爾，而從後面走出來的是羅伯特。羅伯特因爲太陽已下山，所以恢復了原來的模樣。這兩人逃離了慶典活動廣場，慢慢加快了步伐，而羅伯特不久之後就追上了西里爾。然後兩個人一起跑往回家的方向。男孩子與女孩子們差不多時間到家了。因爲路途太遠，所以男孩子們幾乎是跑回家的。

第二天，這四人爲了取回小型馬車，不得不再回到鎭上，這時他們才眞的感覺到，那是一段非常遙遠的路程。

因爲巨人羅伯特沒有再像拉嬰兒車一樣拉著馬車跑，所以這種感覺更是強烈。

發現巨人不見了之後，比爾和老闆娘說了什麼呢。

眞遺憾無法把這些事說給各位聽！

# 9 變成大人

羅伯特變成巨人後的第二天，孩子們為了取回小型馬車，使一整天泡湯了。

這之後的第二天早晨，西里爾不知何故很早就醒了過來。然後，他立刻想到，就是曾經敘述的，每一件好點子都是在想其他事情時才會突然浮現腦海這一事實。

西里爾急忙穿好衣服，就像上回安西雅一樣，靜悄悄地走出了家門。然後跑過佈滿露水的地方，快步朝向砂石場。到達之後小心謹慎地挖出了沙米亞德，首先問候牠，昨天有沒有被羅伯特滿是淚水的手碰著的地方。

沙米亞德不但沒有發脾氣，還同樣有禮貌地回答了：

「那麼，今天是有什麼事呢？這麼早一個人跑來，一定是有不希望別人知道的屬於自己的願望是嗎？如果是壞事，那不行哦。希望你許一個比較合理的願望。例如，想要一隻有肉的大懶獸啦這類的願望。」

「謝謝，但是，今天並不需要大懶獸。」西里爾謹慎地說道。「我想說的是這個啦，在玩一

個很有趣的遊戲時，不是常會想起很棒的點子？」

「我幾乎沒有在玩。」沙米亞德說道。

「可是，哎呀，我的意思是——」西里爾開始有些焦急地說道。「我想說的是——如果我們在某個其他地方玩遊戲時，假如突然想到了好點子，那麼在那裡直接許願的話，你能不能幫我們實現，就是這件事啦，因爲，特地跑來這裡打擾你，這不是很不好嗎？」西里爾補充了一段很精彩的話。

「但是，如果這麼做，會不會像上次的城堡那件事一樣，令人困擾呢？」沙米亞德這樣說著，伸長了褐色手臂打呵欠。「人類嘛，自從不再吃那些我知道的東西之後。就專門做些無聊的事。可是，還是照你所說的話去做好啦。那麼，再見。」

「再見！」西里爾禮貌地說著。

「嗯，可是，有一件事，我必須講清楚！」沙米亞德突然伸長了蝸牛般的眼睛說道。「我對你們也已感到厭煩了——不論是哪個孩子，就連南瓜般的智慧也都沒有。快快快，到別的地方去吧。」

因此，西里爾趕快離開了這個地方。

西里爾他們吃完早餐後就在庭院裡玩耍。這時候他們注意到，小弟從西里爾的口袋取出了手錶，並高興地發出聲音打開了錶盒子。然後，把它當做鐵鏟挖泥土。

不論在水中洗了多久，仍無法洗去零件上的泥土，而且錶也不走了。

「真是，人類的嬰兒期，好像長得令人厭煩呢！」西里爾說道。

勃然大怒的西里爾，另外又罵了小弟幾句，但是被大夥安慰之後，好不容易決定和其他孩子一起到樹林裡遊玩。在這時候，西里爾仍拚命向其他孩子們解說，除非想到好點子否則絕不要輕易許願的自己的那項計畫。

所以他們才認爲，在還沒有想到好點子之前，去樹林裡撿些栗子也滿有趣的。當這五個孩子來到樹林中的栗樹下時，在長著苔蘚的地方坐了下來。

小弟握了一把苔蘚後就開始拔起來了，而西里爾有些憂鬱地看著已經壞了的手錶。

「沒關係啦，小弟也會長大的！」安西雅說著：「對不對呀，小乖乖？」

「長大、長大……」小弟非常歡喜地說道：「弟弟，會長大，很大……」

說到這裡，小弟就已用完了他會說的所有單字。

但是，總之，這已經是小弟到目前爲止所講的話中最長的一句了。聽到這些話時，孩子們也非常地高興，就連西里爾都把開心地笑個不停的小弟弄倒在苔蘚中一起歡鬧著。

「是嘛，小弟總有一天也是會長成大人的。」

H.R.MILLAR

安西雅從栗樹葉間仰望著蔚藍的天空，出神似地又說道。但是，就在這時候，與西里爾玩得鬧翻天的小弟，以穿著硬皮鞋的腳，用力踹了西里爾的胸口，這時傳來了　嚓聲——原來，西里爾擅自借用的爸爸那支第二好的手錶被踢碎了。

「什麼時候才會長成大人呢？」西里爾生氣地說著，咚一聲把小弟放到草坪上。「哎呀，當然會長大了——可是，那時候誰還不會長大呢。我是希望他現在就長大。現在——」

「不行啦，不要亂說話啦！」安西雅尖叫著說道。但是，已經太晚了。

「拜託變成大人吧！」西里爾和著安西雅的尖叫聲這樣嘟喃著。

忠實的沙米亞德立刻遵守了他的約定。這時，小弟在驚愕的兄弟姐妹面前，突然，強勢地開始變成了大人。這是令人毛骨悚然的一件事。這種改變並沒有像以往般是在轉瞬間完成的。首先，小弟的臉開始改變了……臉部變大，額頭出現了皺紋，眼睛深陷、顏色變濃，嘴唇變大變薄。最感恐怖的是，只有臉部變成了大人，而上嘴唇——雖然身體仍是穿著嬰兒上衣的兩歲孩子——卻長了鬍鬚。

「哦，拜託，不要讓他長大了！不要讓他長大了！快點，你們也一起請求啦！」因此，四個人拚命地安靜祈求著。

看到現在的小弟，即使是非常冷靜的人，也一定會大吃一驚。四個人眞心的、誠心的、一心一意的祈求著，但是，仍然沒有用。暈暈的頭重新恢復清醒時，孩子們朦朧的眼中映入了，穿著條紋法蘭絨衣服，戴著硬殼平頂帽的一位極氣派的年輕男子。這男子的臉上也長了剛才小弟的上唇上所長的鬍鬚。

那麼，這就是小弟——是變成大人的小弟！是大家所喜愛的小弟！

孩子們大吃一驚。變成大人的小弟慢慢走過苔蘚，靠在栗樹幹上，把硬殼平頂帽的簷兒拉到眼睛上方。小弟看起來非常疲倦。小弟——原來的、小小的、可愛的、難對付的小弟，他經常會在奇妙的時間，到一個出乎意料的地方突然睡覺。這個穿著條紋法蘭絨衣服、繫著淡綠色領帶的新小弟，是否會做出相同的事呢，或者，這小弟的內心，也像他的身體一樣變成了大人了呢。

這四個孩子們，在離靠在樹上睡覺的人不遠處，正熱烈討論著這問題。

「不管怎樣，都令人困擾呢。」安西雅說道。「假如，小弟的內心也變成了大人，那麼一定不喜歡我們照顧他的。但是，如果身體變成了大人，而內心仍是小孩，那我們又該怎麼待他呢？而且，馬上就是用餐時間了——」

「可是，還沒有撿到一粒栗子呢！」珍說道。

「栗子沒什麼！可是，飯就不同啦——昨天的飯都還沒吃到半飽呢。能不能把這個小弟先綁在樹上，回家吃了飯再回來呢！」羅伯特說道。

「你以爲不帶弟弟回家，瑪莎會給我們飯吃嗎？雖然，帶著已變成大人的小弟也不會有什麼好結果。」西里爾說道。

「對啦，我承認是我的錯嘛，不要再嘮叨了，都是我不好啦。現在最重要的是，我們必須考慮清楚往後該怎麼辦。」

「我們把他叫醒，然後帶去梅德鎮或羅斯塔鎮，找一個地方讓他吃飯嘛。」羅伯特如同想到一件很棒的點子般說道。

「帶他去？」西里爾說道。「嗯，帶去你就知道，一定會發生許多麻煩事的。而且，小弟從小就嬌慣了，所以不聽話的，可是，以前因爲他還小，我們有辦法應付他，但現在這種大人小弟，已沒辦法像以前那樣子了。你們瞧瞧他的嘴巴。」

「那麼，不論如何，先把他叫醒了再說吧！」羅伯特說道。「說不定他會帶我們去梅德鎮，請我們吃飯呢。你們不認爲，他那個口袋內會裝有許多錢嗎？總之，我們非要吃飯不可啊！」

四個人折斷了羊齒的莖後作了籤，結果被珍抽到叫醒大人小弟的籤了。

珍折了西瓜的小枝，搔了搔大人小弟的鼻子。

「這蒼蠅眞煩人！」

大人小弟這樣說了兩次，然後睜開了眼睛。

H. R. MILLAR 1902

「哇，你們這些小孩子，還在這裡呀！」小弟懶懶地說道。「如果不早點回去，就會趕不及用餐時間哦！」

「我們也知道會趕不及！」羅伯特有些可恨地說道。

「可是，那你的午餐怎麼辦呢？」珍問道。

「哦，那件事嗎。你們想，到車站有多遠呢？我想到鎮上找一家俱樂部用餐。」

四個兄弟姐妹們，以困擾的表情，突然沈默下來。小弟他——不帶任何人——獨自去鎮上——在俱樂部用餐！然後，一定也會在那裡喝杯下午茶。這時候，太陽從被極大的庭院所包圍住的俱樂部上頭西沈。然後，恢復原貌的小弟就會被不高興及冷淡的服務生包圍著，在一個極大的安樂椅下面，叫著「安琪」大聲哭叫著。

想到這裡時，安西雅幾乎流下淚來。

「不，不行，小弟，你不可以這麼做！」

安西雅終於不加思索地說了出來。

大人小弟皺著眉頭：

「安琪，我希望你們叫我希拉利、聖．莫亞、或迪布羅什麼的。要說幾遍你們才明白呢？只要是洗禮名，叫什麼都無妨，但是請不要叫我小弟。這種名字早應該進入兒童時期的博物館，不是嗎？」

這到底是怎麼一回事呢。難道小弟現在已經是大夥的哥哥了嗎？但是，小弟是個大人——而且，其他孩子是小孩——所以，他可能眞的變成了哥哥。

因爲每次沙米亞德替他們完成的願望，最後都會變成困擾著他們的問題，所以孩子們這時候眞的很嚮往大人。

「可是，希拉利，」安西雅說道：「爸爸說過你不可以去鎭上啊，如果你去了，那麼就沒有人照顧我們了。」

「啊，我爲什麼這麼愛說謊呢！」安西雅在內心裡如此想著。

「那麼，」西里爾也開始說著：「如果你是我們的哥哥，要不要像個哥哥一樣，帶我們去梅德鎭用餐，然後搭乘遊艇遊玩呢？」

「眞謝謝你們替我想出了各種點子。」小弟說道。「但是，我喜歡獨自一個人。好啦，你們快去吃午餐吧。我可能在下午茶時間會回家一趟，或者等你們已經睡了，我都還沒回去呢！」

四個人以厭煩的表情相互對看著。如果不帶小弟一起回家，那麼瑪莎一定非常生氣，就會再一次不讓他們吃晚餐就上床睡覺。

「我們已經跟媽媽約定，只要帶你出來，目光一定不離開的守著。」在其他孩子尚未來得及阻止前，珍已經這樣說了出來。

「珍，妳在說什麼呀！」大人小弟將手放入口袋內，往下看著珍說道。「小孩子乖乖在旁邊不要說話，就不至於打擾到別人。妳必須學會不要隨便亂說話，好了，快回家去吧。只要聽話，明天我可能會給你們一人一便士。」

「那個，」西里爾儘量以「男人對男人」的語調說道：「你要去哪裡？女孩子們的確有些麻煩，可是你可以帶羅伯特和我一起去呀。」

西里爾說這種話是經過慎重考慮的，因爲，太陽下山後帶著已恢復成嬰兒的小弟，走出一大群人的面前，是件非常困難的事。

「男人對男人」的語調成功了。

「我要騎腳踏車去梅德鎮。」小弟捻著黑色小鬍子興奮地說道。「在那邊的西餐廳用餐——然後可以坐船。但是無法讓你們全部坐在小船上——還是不行，你們乖乖回家去吧！」

這就麻煩了。西里爾與羅伯特好像很困擾似的互換著眼神。安西雅從腰帶拿下釦針——這麼一來，襯衫及裙子間出現了空隙——以另有其意的表情遞給了羅伯特。

羅伯特悄悄的走向道路那邊，果然看見有一部漂亮的腳踏車在那裡。羅伯特想成爲大人的理由之一，就是想長大後擁有一部腳踏車，羅伯特立刻拿針噗嗤噗嗤的刺入輪胎。後輪刺了十一

H. R. MILLAR

次，前輪刺了七次，原本想要刺二十二次，但是還沒有刺完，就從後面傳來了沙沙的樹葉聲，羅伯特知道是其他孩子們走過來了。

羅伯特急忙從上往下壓著輪胎。從十八個孔中噗嘶一聲氣都漏了出來。

「腳踏車沒氣了。」羅伯特說著，並對自己能想出這麼流利的謊言而驚愕不已。

「唉，是眞的哩！」西里爾說道。

「是爆胎。」安西雅說著並蹲了下來。「輪胎裡插著這東西呢！」

大人小弟——我們在這個時候不得不叫他希拉利——把打氣筒裝在腳踏車上試了一試。確實就是爆胎。

「我想這附近應該會有農家。」希拉利說道。「我需要向他們要一桶水。」

附近確實有個農家，而且他們還知道了這農家會提供茶水及像火腿般帶肉的食物給騎士。當他們確定了爆胎之後，大夥就在這裡用了餐，當然帳是用昨天羅伯特當巨人所賺得的錢付的。因爲他們終於知道了希拉利小弟身上並沒有帶著錢。孩子們知道這件事實後非常地失望——但是，總之，吃得很飽，所以羅伯特也感到很滿足了。

當希拉利堵好了十八個洞之後，這天的時間也已所剩無幾了。希拉利已放了心似地從腳踏車旁起身，立刻把領帶調整好並說道：

「哎呀，有女孩子走過來了！你們在這裡會妨礙的。來，快回家去吧——躲起來——去別的地方也好，拜託離開這裡！我不願被別人瞧見和你們這種髒兮兮的孩子在一起。」

西里爾他們確實已變得很髒，早晨在庭院遊玩時，被尚是嬰兒的小弟弄得狼狽不堪。說這些話的小弟神情嚴肅且有些恐怖，所以西里爾他們躲進了農家後面的蔬菜田。長有鬍子的小弟，獨自一人在那裡等待推著腳踏車走來的年輕小姐。

農家的女主人從家中走出來和這女孩說話，但是，西里爾他們即使拉長了脖子注意傾聽，也無法在後面的水桶處聽得到這位年輕女子所說的話。然而他們卻清楚聽到，希拉利慢慢地、以禮貌的語調說了這樣的話——

「哦——是爆胎嗎？讓我來看看能不能幫忙吧！」

西里爾他們在後院，忍不住吃吃地笑了出來。

希拉利轉過頭斜眼瞪著發出聲音的地方。

「謝謝您熱心幫忙！」這女孩面對面看著希拉利說道，心想這人好像有些羞怯的樣子，但看起來卻是個非常規矩的人。

希拉利立刻蹲在這部腳踏車旁檢查輪胎，然後頗像大人似的向女孩說話了。若看了那種樣子，一定無法想像，他在今早仍是個二歲嬰兒，而且還弄壞過別人的手錶。

H.R. MILLAR

不久，修好爆胎後，希拉利起身從口袋內拿出了一個金錶，在豬舍水桶旁的孩子們看到這情景後，再度發出了聲音。因爲他們都認爲，弄壞了別人的手錶，而自己卻若無其事的攜帶著金錶，這實在太不公平了。

但是，希拉利再度以恐怖的表情轉頭瞪了孩子們，想試著壓制住他們，然後對女孩說道：

「如果方便的話，我陪您走到十字路口處如何。現在時間也已經晚了，聽說最近這裡出現了流浪漢。」

沒有人知道這位可愛的女孩會向希拉利作何種答覆。因爲，聽到這些話的一剎那，安西雅就踢翻了水桶，飛快的跑出去纏住了希拉利的手臂。其他孩子們隨後跟進。

「拜託，不要和他一起走！這人沒辦法和別人走在一起的！」安西雅努力地說著。

「走開，囉嗦的孩子！」希拉利以可怖的聲調喊道。「快點回家去！」

「不可以和這個人在一起！」已經急得團團轉的安西雅仍然叫道。「這個人根本不明白自己是何種人類。他絕對不是妳想像的那種人。他是完全不同的人。」

「妳在說什麼呢？」女孩極自然地問道。

這當兒，希拉利試著把安西雅推開，但是安西雅就像岩石一樣，一動不動。其他孩子們牢牢地在後面頂著安西雅。

「妳只要和他出去，馬上就會明白。」安西雅說道。「如果妳旁邊的人突然變成小小的，自己毫無辦法的嬰兒，孤零零地坐在無法操作的腳踏車上，那麼妳要怎麼辦呢？」

女孩立刻變了臉色。

「這些，非常髒的孩子們到底是什麼人呢？」女孩向希拉利問道。

「他們是誰，我也不知道。」希拉利以非常困擾的表情撒了謊。

「哎呀，小弟！你怎麼能說這種話呢？」珍大聲叫道。「你應該知道，你是我們最喜愛的小弟弟啊。」然後珍朝女孩解釋道：「我們是這孩子的哥哥和姊姊。」

女孩以顫抖的手把腳踏車推往柵欄處。

珍繼續說著：

「是眞的。我們必須照顧這孩子。而且，在太陽下山前若還沒有回家，就不知會發生什麼事呢。其實，這孩子——陷入了魔法中了！瞭解了嗎？」

希拉利幾次都想伸出手阻止珍的說話，但是西里爾及羅伯特各抓著希拉利的一隻腳，而且也沒有適當的話可以解釋。

年輕女子急忙騎上腳踏車落荒而逃。

然後，當這女孩到達親戚家後，在餐桌上邊哆嗦著邊說出了「碰到非常可怕的一家」的這件

事情。

當女孩騎上腳踏車走了之後，西里爾以嚴肅的語調說道：

「希拉利，你是中了暑嗎？你向那女孩說什麼話呀？如果明早把你所說的話再講給你聽，你還不一定聽得懂呢。好啦，聽我們的話乖乖回家吧。如果到了明早，你仍神智不清，那麼就得麻煩送牛奶的先生去請大夫來了。」

「你們這一夥還真全是些神精病呢！」希拉利令人不高興地如此說道。「還是帶你們回家好了。但是，不能就這麼算了，到了明早，我會好好地把今天發生的事說給你們聽的。」

「好啦，小弟。到了明天我倒要聽聽你能說什麼話？」安西雅小聲嘟噥著。「可是，那些話和現在你所說的一定不相同！」然後安西雅再大聲說道：「來啦，我們快點回家吧。希拉利，明早你要說什麼，到時候就儘量說個夠吧！」

垂頭喪氣的一行人，走在寂靜微暗的鄉間小路。羅伯特趁安西雅說話時，再度刺破了腳踏車車輪，但希拉利好像已厭倦了修理輪胎似的推著腳踏車。

當孩子們來到白色的家時，太陽就要下山了。上面四個孩子本想在外面一直等到太陽完全下山，小弟恢復原來模樣時再回家，但是小弟卻擺著哥哥的架子，無論如何都堅持要進入屋內。然後希拉利走進了大門，這時突然遇見了瑪莎。

各位讀者，你們應該也記得，孩子們曾拜託沙米亞德，不論他們變成什麼樣子都不能讓瑪莎察覺的這件事吧？所以，今天，瑪莎所看到的仍是五個孩子一起回家的樣子。因瑪莎在整個下午都非常擔心小弟的事，所以立刻跑出來把小弟抱在懷裡。

「來，讓瑪莎抱著你——可愛的乖寶寶！」

大人小弟被瑪莎抱起後，氣得掙扎不停，但是，瑪莎這邊還是比較有力。瑪莎使勁地抱住了小弟回到了屋內。

四個小孩子，無論如何都無法忘記，整齊地穿著條紋法蘭絨服裝、帶著綠色領帶、長有鬍鬚的小弟，被瑪莎抱住後胡亂掙扎的光景。

但是，很慶幸地，當他們走進玄關的一剎那，太陽完全下山了。腳踏車消失了。被瑪莎抱著的，是眞正的、圓滾滾的、小小的、想睡覺的小弟。大人小弟，從此以後永遠消失了。

「是永久哦，因爲，在小弟還沒有長大前，我們會狠狠地修理他，絕不會讓他變成那麼討人厭的孩子。」西里爾說道。

「不行，不可以狠狠地修理他。我不會讓你這麼做的！」安西雅固執地說道。

「我們應該親切地對待他。」珍說道。

「要慢慢長大，是需要很長一段時間的，在這期間我們可以教他很多東西呀。今天他讓我們

感到困擾，那是因爲他突然長大了，所以我們根本沒機會糾正他撒野的壞習慣啊！」

羅伯特說道。

「小弟根本沒有地方需要改過。現在這樣就好了。」安西雅說道。

從屋內傳來小弟可愛的叫聲：

「安琪！安琪，我要去安琪那裡！」

# 10 印第安人

如果這時候西里爾所讀的不是《莫希干人的末日》這本書，那麼這一天一定會過得更有趣。

西里爾吃早餐時，腦海裡仍充滿了這篇故事的內容情節。喝著第三杯紅茶，西里爾出神般地如此說著：

「眞希望英國也有印第安人！嗯，如果出現在這裡該有多好——但是，不要大人，最好是像我們一樣這麼小，這樣才能一起作戰啊！」

其他孩子們都不贊成西里爾的說法，所以很快就忘掉了這件事。

然後，他們決定到砂石場，讓沙米亞德變出共五英鎊的二先令銀幣——爲了不發生差錯，還是決定要目前通用的貨幣——但是這件事並沒有成功。

非常睏的沙米亞德生氣地說道：

「哎呀，你們眞囉嗦，不要來打擾我好嗎！你們今早已經許過願了，不是嗎？」

「這個，我們並不知道啊！」西里爾說道。

「你們不記得昨天的事了嗎？」沙米亞德比剛才更不高興地說道。「你們不是說過，不論在哪裡許願，都希望達成嗎，而且，你們達成了。」

「嘿，我們已經許願了嗎？那麼，那是什麼願望呢？」羅伯特問道。

「嗯，忘了是嗎？」沙米亞德如此說著開始挖起洞來。「也沒關係啦，馬上就會知道啦。哎呀呀，你們這下子又有麻煩了。」

「我們總是被捲入麻煩事呢！」珍說道。

奇怪的是，不論大夥怎麼想，都想不出今早到底說了什麼話。沒有一個孩子記起，西里爾曾說過希望英國有美國印第安人出現的這件事。一整個上午，大夥都非常擔心，因他們不知道，在何時會突然發生什麼事。從沙米亞德說話的口氣中可以推斷，這次也不是件什麼好事，然後這四個人擔心地渡過了好幾個小時。

當快到中午時，珍被《莫希干人的末日》這本書絆倒了，因爲這書被丟在地板上。安西雅扶起珍，把這本書拾起的一剎那，說聲「知道了！」之後撲咚一聲跌坐在地板上。

「哎呀，糟糕了，珍。西里爾在早餐時曾說過，希望出現美國印第安人這種話！不記得了嗎？西里爾說過『眞希望英國也有印第安人！嗯，如果出現在這裡該有多好』這些話的。所以，那些人是否已經來到這裡，正剝下人的頭皮走在外面呢！」

「可是，他們只會出現在遙遠的，英國的某個角落啦！」珍想安慰似的說道。

「不可能！沙米亞德不是說過『你們這下子又有麻煩了』嗎？那麼，他們一定會出現在這裡的。哎呀，如果他們剝下小弟的頭皮，那怎麼辦呢？」

「可是，會不會在太陽下山後，剝下的皮又貼回去了呢！」珍雖然如此說著，但好像沒有以往那麼有自信。

「不對啦！從願望中出現的東西不會消失的啦。妳想想看羅伯特變成巨人後所賺得的錢。哎呀，糟糕了。珍，我要打破一件東西，妳要幫忙哦。然後，把妳所有的錢，一便士不留的拿給我。印第安人就要來了。那個壞心眼的沙米亞德不是這麼說的嗎？快來幫忙。妳明白我要做的事吧？」

珍卻一點都不知道。但是，珍乖乖地跟隨在安西雅後面走進了媽媽的房間。

安西雅拿起很重的水瓶，把它帶到浴室，小心地把水倒出。然後再把它帶回房間，咚一聲丟到地板上。但是，奇怪的是，像水瓶這類的東西不留神掉了，很容易打破，然而，想要打破而弄掉時，卻怎麼也打不破。

安西雅把水瓶連續往地板上丟了三次，但仍沒打破。這時，又拿著放在旁邊的，爸爸的鞋拔子咚咚地敲了之後，才好不容易敲破了。

然後，接下來拿著攪火棒想要打破爲教會募款用的撲滿。當然，珍阻止了，但是，安西雅緊抿著雙唇。

「不要說傻話了，現在是生死的緊要關頭呢！」

撲滿內並沒有很多錢，只有七先令及四便士。安西雅和珍共有四先令，全部加起來，就是十一先令四便士。安西雅把這些錢包入手帕內。「好了，珍，我們走吧！」這樣說著一起跑了出去，她們來到的地方是隔壁的農家。

安西雅知道這裡的主人，這一天要去羅斯塔鎮。其實他們四人早已和這農夫約好，這天要搭著農夫的馬車去羅斯塔鎮，和他約定這件事時，孩子們原本打算去找沙米亞德請求獲得一百英鎊，所以已向農夫講好，每人各付二先令爲馬車費。

但是，安西雅現在急忙跑到農夫家向他解釋，他們這一群無法前往羅斯塔鎮的原因，然後，請求他可不可以改帶瑪莎和小弟去。

農夫答應了，但是，因爲原本的八先令變成了二先令半，所以他並不是很高興。

安西雅她們再度回到了家。安西雅雖然有些興奮，但並沒有慌張。後來，她不得不認爲，自己就像天生的將軍一樣對事情準備周到。安西雅從自己的抽屜拿出了小盒子，然後就去找瑪莎。

瑪莎正在那裡舖餐巾，但看起來並不是很高興。

「瑪莎，我跟妳說，我把媽媽房間裡的水瓶打破了。」安西雅說道。

「這是常有的事啊——反正你們總是那麼的調皮，不是嗎？」瑪莎說著把鹽巴罐咚一聲擺在餐桌上。

「不要生氣嘛，瑪莎。」安西雅說道。「我會出錢買新的水瓶嘛。所以，拜託妳到鎭裡去買回來好嗎？妳堂兄不是在羅斯塔鎭開陶磁器店嗎？而且，如果明天媽媽回來就麻煩了，所以今天就去買好嗎？」

「但是，你們今天不是要一起到鎭上去的嗎？」

「可是，如果買了新的水瓶我們就沒有零用錢了。瑪莎妳去的話，我會出妳和小弟的馬車費。然後，假如瑪莎妳替我去，那麼我會送妳這個小盒子。妳看，是裡面鑲著眞銀、象牙及烏木的工藝品哦，它不就像所羅門王的寺廟般美麗嗎？」

「知道了。」瑪莎說道。「我不需要這盒子，小姐。妳的企圖其實是過了中午後不願照顧可愛的小弟是吧。妳以爲我不會知道這些嗎？」

因爲被瑪莎完全看穿了內心，所以安西雅好不容易才說了「沒有這回事啦！」可是，沒有必要向瑪莎說出實情，安西雅只得默不作聲。

瑪莎把麵包咚一聲放在餐桌上，所以麵包從盤子上跳了起來。

「可是，如果沒有水瓶眞的很麻煩呢。妳會替我去吧！」安西雅悄悄問道。
「就這麼一次我聽妳的。但是，當我不在家時不可以調皮搗蛋哦！」
「隔壁伯伯說，他要比預定時間早出發呢。」安西雅拚命地說著。「瑪莎，妳還是快去換衣服好啦。穿那件漂亮的紫色衣服去嘛，瑪莎。然後，戴上有粉紅玫瑰圖案的帽子。準備餐桌的事，珍會做的。現在，我去幫小弟洗臉準備一下。」
就這樣，安西雅幫發脾氣的小弟洗好了臉，一邊替他換衣服一邊往窗外窺視——但是，尚未看見美國印第安人。然後，在一片混亂的氣氛下瑪莎和小弟終於被趕走似的走出了家門。安西雅大大地喘了一口氣。
「啊，小弟總算得救了！」說著，安西雅撲咚一聲坐在地板上哭了出來。
珍嚇了一大跳，因爲珍無法理解，直到現在都那麼像將軍般勇敢的籌謀各種計畫的安西雅，爲何會突然哭了出來。但是，若說好不容易能讓小弟逃過被印第安人剝頭皮的慘劇後，安西雅因太過於放心，而高興的哭了，這種事其實也是滿合理的，不是嗎？
但是，安西雅立刻跳了起來，邊搓揉著淚濕的眼睛，想去把這些事情告訴男孩子們。
然而，正好這時候響起了用餐的信號鈴，所以連一點點說秘密的時間也沒有了。
等到芳妮幫他們分配好食物走開後，安西雅開始說話了。但是，把食物塞滿兩頰後說有關印第安的事，眞是一大錯誤。因爲男孩子們不但大笑，還說安西雅在說蠢話。

「妳在擔心這件事是嗎？」西里爾說道。「確實，我今早說印第安的事情前，珍說了『啊，希望今天是個好天氣』。」

「不對！」珍清楚地說道。

「但是，假設，是先說了印第安這件事——」西里爾說道。

「喂，鹽巴給一下好嗎？今天的肉，不撒點鹽巴眞是難以下嚥呢——假如先說了印第安的事，那麼，早就應該亂哄哄地出現在這裡鬧成一團了不是嗎？所以我認爲還是先說了關於天氣的事才對。」

「那麼，沙米亞德爲什麼會說我們又有麻煩了呢？」安西雅問道。

安西雅已非常生氣了，因爲她想到會出現印第安人，所以英勇地在各方面做了妥善的準備，但是卻被別人嘲笑是愚蠢，這是令人氣憤的事，而且，對偷取教會用撲滿裡的錢一事，也開始令她擔心不已。

當芳妮撤下餐盤，端來飯後布丁的這段時間，大夥都沈默不語。

但是，芳妮走了之後，西里爾立刻開始說道：

「雖然，把瑪莎和小弟趕走這件事妳做對了。但是，美國印第安人什麼的，這就太愚蠢了——而且，到目前爲止，所有的願望不都是說了就馬上實現的嗎。如果印第安人要出現，那也早該出現了啊！」

「我認爲一定會出現。」安西雅說道。「可能躲藏在哪邊的樹蔭下呢——當然你還不知道。反正，不會再有像你這種壞心眼的人了。」

「聽妳這麼說才想到，印第安人不都喜歡躲藏在什麼地方的嗎？」

珍試著讓他們重歸於好，於是如此說道。

「才不會躲著呢！」西里爾以強硬的口氣回答道。「而且，我才不是什麼壞心眼呢。我只是誠實的說出了目前的情狀啊。反而是妳，做些打破水瓶的蠢事，還從教會用的撲滿中偷拿錢——眞是可怕的犯罪啊。如果我們中有一個人去告密，妳就會被絞刑——」

「不要再說了。」羅伯特說道。

但是西里爾並不能停止，因爲他知道如果眞的出現了印第安人，那都是他的錯，他不希望發生這種事。但是，他內心卻認爲一定會發生，這使他非常痛苦。

「眞的很愚蠢呢，什麼印第安人嘛——」西里爾迫不得已的繼續說著。「任何人都知道，剛才是珍先說了天氣這件事，你們看嘛，這天氣多好——哎呀！」

西里爾朝向窗口，原本想讓大夥看看好天氣，大夥也都往窗口看了過去——西里爾像凍結了似的無法動彈。從窗口一角所看到的紅色常春藤葉子間出現了一張臉——高鼻子、緊抿著嘴、銳利的眼神、褐色皮膚的人正窺視著。那張臉到處塗滿了各種顏色的泥巴，而且長又黑的頭髮上，插著羽毛。

四個孩子張開著嘴無法合攏。盤子內的點心變冷變硬了。但是，沒有人能動。

突然，戴著羽毛的頭悄悄地消失了，孩子們的身體也開始動了。我對這時候安西雅所說的孩子氣的話感到非常遺憾。

「你看吧！怎麼樣啊？這和我說的一樣吧！」

安西雅這樣說了。

餐後的點心完全失去了它的魅力。孩子們把它包在舊報紙內藏在房間的一角，急忙跑上二樓，去偵察順便召開緊急會議。

「不要再吵嘴了！」西里爾一來到二樓的媽媽房間，就像一個男人般說道。「安西雅，如果我剛才有點壞心眼，那麼抱歉——」

「哦，沒關係啦，可是，這下子明白了吧！」

但是，現在不論從哪個窗戶看出去，都找不到印第安人的蹤影了。

「嗯，怎麼辦才好呢？」羅伯特說道。

這時，被大夥公認是這天的女元帥說話了——

「我們也盡可能化妝成印第安人的模樣，從窗戶探出頭，或者走到外面去，沒有其他辦法了。這麼一來，那些人也許會把我們當做是隔壁部落的酋長，而不會採取任何行動。因爲，他們害怕受到報復啊！」

「但是，芳妮她——」珍說道。

「芳妮不會察覺的啦——忘了嗎？我們被剝了頭皮、燒了身，她都不會察覺到的。」羅伯特說道。

「對，還是照安西雅的話去做吧。但是，我們需要許多羽毛呢。」西里爾說道。

「我去雞舍拿吧！」羅伯特說道。「那裡有一隻火雞，牠生病了，所以不用和牠搏鬥，就能輕易剪下牠的羽毛。牠病得很重，所以對牠做什麼牠都不會在意的。給我一把大剪刀！」

小心偵察的結果，知道雞舍那裡好像沒有印第安人，所以羅伯特走了出去。五分鐘後，羅伯特發青著一張臉——但是帶著許多羽毛回來了。

「喂，這是件大事哦！」羅伯特說道。「當我剪好羽毛想回到這裡時，有一個印第安人從舊雞舍的下面，目不轉睛地注視著我這邊。雖然我在那人揮動羽毛，哇一聲從雞舍下面跳出來前急忙跑回了家，但是，眞的太糟糕了。安西雅，把掛在我們床上的彩色毛毯拿過來，喂，快點啊！」

當孩子們穿上毛毯、插著羽毛、在脖子上圍上彩色圍巾時，各個都像極了眞正的印弟安人。當然，每位孩子都不是烏黑的長髮。但是，家中有許多包來教科書的黑色印花布。孩子們把它撕成細條，用緞帶繫在頭上，並插上了火雞的羽毛。

黑布條像極了黑色頭髮。過不久，這些細條的黑布慢慢脫線後更是像極了頭髮。

「但是，臉怎麼辦呢？我們的臉變得有些發青是嗎？西里爾的臉已經蒼白了，眞像清潔劑的顏色呢！」安西雅說道。

「怎麼會是那種顏色呢！」西里爾生氣似地說道。

「外面的印第安人是褐色的呢！」羅伯特急忙在旁說道。「我認爲我們應該塗得更紅。」

家中有曾經塗過廚房磚頭的紅土，所以孩子們在紅土內倒入牛奶攪拌後，互相塗著對方的臉。因此，每個人都變成了連印第安人都會佩服的膚色。

在走廊遇見了芳妮，她尖叫了一聲，所以孩子們知道了自己的樣子有多可怕。

當他們知道這突然的實驗完全成功之後，西里爾等一夥人的士氣爲之大振。然後，他們向芳妮解釋這是一場遊戲，請不要驚嚇後，披著毛毯，插著羽毛的四個印第安人，大膽的爲滅敵而走出了家門。

在庭院與樹林交接處的樹籬上，排著一排各個都插著羽毛的黑頭。

「絕不能失掉這個機會。」安西雅細聲說道。「不可以等待對方先採取可怖的行動，要從我方先哇地一聲跑出去。來，發出吶喊聲！」

孩子們發出可怖的四重吶喊聲，跑出家門，英勇地站在一隊印第安人的眼前。印第安人的身高都相同——都是西里爾這種身高。

「希望他們說的是英語呢！」西里爾亂鬧著說道。

安西雅知道印第安人是說英語。她也不知道爲什麼，但卻明白這事實。安西雅拿著棒子上端綁著白毛巾的東西，這是停戰的標誌。安西雅希望印第安人能了解這意思，並揮動了白旗。印第安人好像了解了——比其他人的臉還更深褐的印第安人走了出來。

這印第安人以一口流利的英語說道：

「你們希望談和是嗎。我是山洞族的『金鷲』。」

「我是，瑪莎——瑪莎瓦其族的——酋長——酋長——『黑豹』。」安西雅立刻說道。

「我的兄弟——不，不對——不，沒錯——我的族——瑪莎瓦其族，聚集在那邊的山上。」

「這些勇猛的戰士們是誰呢？」金鷲面向其他三人說道。

西里爾回答：「本人是墨尼剛果族的大酋長『松鼠』。」然後看到珍還沒想到適當名字似的舔著食指的模樣後，附帶說明：「這位是菲奇奇族的領導『山貓』！」

「那麼，這位英勇的印第安人，你的名字是？」金鷲突然問向羅伯特。

羅伯特因為突然被問及，所以說溜了嘴回答道：「我是騎兵警官隊的巴布。」

「那麼，」黑豹說道：「如果我方的諸族聚集在一起，可比你們微小的軍勢要多了好幾倍，所以反抗也沒有用。你們不妨回到自己的祖國，進入你們的Wampum（美國印第安人的貝殼串珠），和你們的斯可（美國印第安人的妻子）一起吸著和平的香煙，然後穿著美麗的維葛安（美國印第安人的房屋），吃著美味可口的磨卡新（美國印第安人的軟皮無跟鞋）吧！」

「妳真囉嗦呢！」西里爾生氣地說道。

但是，金鷲只是以不可思議的神情看著安西雅。

「你們的生活習慣與我們大不相同呢，黑豹。」金鷲說道。

「把你們的同伴全部叫過來吧。妳應該像個大酋長般，在諸族的面前堂堂地協議談和。」

「叫過來是沒什麼困難的啦！」安西雅說道。「但是假如你們不快點離開，那麼我的夥伴會帶著弓箭、斧頭、剝皮專用刀，還有各種武器來攻打你們的。」

安西雅精彩地撒了個大謊。但是，四個人的胸口卻非常激烈地跳動著。真正的印第安人把四個人包圍住，然後生氣似的嘟喃著慢慢地走近。現在這四個人正好站在表情殘酷得許多的印第安人正中央。

「不行了，」羅伯特小聲說道：「我早就知道這樣子是不行的。我們必須突破這層包圍跑去找沙米亞德。牠也許會幫助我們。假如牠不幫我們——總而言之，等太陽下山後，我們會重新復活的。不知道被剝下頭皮，會不會像你們所說的那麼痛呢？」

「我要再揮動一次白旗。如果，這樣能使印第安人後退的話，我們就逃跑吧。」

安西雅揮動了毛巾。印第安人停了下來。這時，孩子們找了印第安人群中最鬆散的部分，快速的跑了過去，他們撞倒了五、六個印第安人，跳過了毛巾包著的身體，孩子們朝砂石場拚命地跑著。他們沒有像往常般慢慢繞過不危險的馬車道走下去，而是從大洞邊緣，一口氣滑下黃色及紫色的花間，滑過小麻雀家的玄關，連滾帶跳帶爬的到了下面。

金鷲和他的部下，也跟隨孩子們來到了今早孩子們與沙米亞德見面的地方。用力喘著氣，而且已經精疲力盡的孩子們，正等待自己下一步的運命。他們的周圍閃爍著恐怖的刀和斧頭。但是，最恐怖的還是金鷲部下們那慘酷的目光。

「喂，你們竟然向我們撒了謊。瑪莎瓦其族的黑豹、墨尼剛果族的松鼠、菲奇奇族的山貓，還有騎兵警官隊的巴布。你們撒了謊。你們不是以舌頭，而是用沈默撒了謊。你們利用白面族的休戰旗來假冒。你們沒有夥伴，你們的夥伴都到遠方去打獵了。我們該如何處置他們呢？」金鷲說著回過頭看著其他的印第安人。

「點火吧！」部下們說著，立刻有五、六個人去找尋薪材。

安西雅他們一個個被小小印第安人壓著兩手，他們以絕望的眼神環視著四周。啊，如果能找到沙米亞德，我們就可以得救了！

「你們是先要剝我們的頭皮，然後加以烤刑是嗎？」安西雅問道。

「沒錯！」金鷲睜大眼睛說道。「每次都是這麼做的！」

印第安人從剛才開始就在四個孩子的周圍作了圓圈，然後坐在地面上，目不轉睛的看守著四個俘虜。因爲太過害怕沒有人敢開口。

在這當兒，去撿薪材的印第安人三三五五的回來了。但是，手上沒有拿著任何東西。原來他們沒有發現任何一根可當作薪材的樹枝！當然，這裡不可能會有任何枯樹枝。

孩子們大大地鬆了一口氣，但這一口立刻變成了呻吟聲。原來，閃閃亮的利刀圍住了他們的四周，而且，每一個孩子都被印第安人用力地抓在手中。孩子們閉上了眼睛沒有喊叫。他們等待任何時候都可能刺入身體的刀刃。但是，刀子並沒有砍下來，而不一會兒工夫，印第安人鬆開了手，孩子們顫抖著身體，重疊在一起倒在地上。頭一點都不會感覺到痛，只是，奇妙地感到涼爽了起來。從四周傳來宛如發瘋般的吶喊聲。

當他們悄悄地睜開眼睛時，發現四個印第安人的手中各拿著一把黑色長髮，他們一邊喊叫一邊跳著舞。孩子們急忙觸摸了自己的頭，頭安然無恙！原來這四個印第安人只是削薄了黑布做的頭髮！

四個孩子抱在一起又哭又笑著。

「我們剝下了頭皮吧！」印第安酋長喊道。「我們剝下的頭皮已經落入了勝利者的手中！沒有根的輕頭皮！」

「下一步他們一定會剝下眞的頭皮！一定沒錯！」羅伯特說著，拚命想把臉上的紅土搓在頭髮上。

「我們被奪走了正確的復仇樂趣——但是，除了剝頭皮及烤刑外，也有其他方法能使敵人痛苦。我們無法進行烤刑，因爲這裡是連薪材都沒有的奇特國家，啊，我們的國家有這種東西，眞想回到我國的樹林——」印第安人這樣唱著歌。

突然，黑色的身影消失了，而孩子們的眼中映入了閃亮的砂場。隨著印第安酋長的歌聲，一瞬間所有的印第安人都消失了。沙米亞德一定是從剛才開始就在大夥的旁邊，然後，當印第安酋長說，想回到自己國家的一剎那，一切變成了事實。

*

瑪莎從鎮裡拿回來，與安西雅打破的一模一樣的水瓶。然後，把安西雅的錢也原封不動的拿了回來。

「我堂兄送給我的。因爲原本和它成一組的臉盆缺貨，不齊全所以就乾脆送我了。」

「哇，瑪莎，眞的非常謝謝妳！」安西雅說著抱緊了瑪莎。

「我是說眞的哦，呵呵呵！」瑪莎笑了。「當我還能和你們在一起時，最好多抱抱我喲。等太太回來後，我馬上要向她請假了。」

「哎呀，瑪莎，我們眞的那麼不乖嗎？」安西雅大吃一驚地問道。

「不是啦，小姐！」瑪莎說著又吃吃地笑了。「我，要結婚了，和那位獵場看守人皮耶。對了，你們曾經被關在牧師館那邊的教堂塔上是嗎？那時，自從帶你們回來後，他來過好多次，希望我能嫁給他。所以，今天，我答應他了。皮耶他眞的好高興哦！」

安西雅把錢裝回教會用的撲滿內，並且用紙貼住以攪火棒弄破的部分，掩蓋了它的裂痕。然後安西雅眞的鬆了一口氣。

但是安西雅仍不知道打破教會用撲滿的罪，是不是嚴重到應該絞刑。

# 11 最後一個願望

當然，看到這一章的題目，各位就會明白，向沙米亞德許下最後願望的日子已經來臨了。

但是，孩子們並不知道這就是最後一天。這一天，孩子們不像平常一樣怎麼想都想不到適當的願望，而是很輕易的浮現了許多好主意。

「好像，世界上的每件事就是這麼的奇妙。」珍到後來如此說道。

這一天，西里爾他們特別起了個大早。然後在還沒吃早餐前，到庭院商量著各種計畫。這時候，向沙米亞德要求一百英鎊金幣一案，仍然吸引了大夥的注意力，但是，除此之外尚有許多願望名列他們的好點子排行榜的前茅。其中最受歡迎的是一人獲得一匹小馬的願望。這是個非常不錯的點子，就是早上讓小馬出現，給他們騎一整天，到了傍晚自動消失，然後第二天又出現。這麼一來，就不需要餵食和馬舍了。

這天早上他們商量了這件事，但是在這當兒發生了一件事——母親寄來了信，內容是奶奶病情已好轉，所以這天下午爸爸和媽媽都會回家。孩子們哇一聲歡呼著。因爲這個消息，當然使早餐前的「許願」一案完全沒有結果了。他們認為這天所許的願，不應該是讓自己快樂的願望，而必須是能使母親感到快樂的願望。

「媽咪的願望到底會是什麼呢？」西里爾說道。

「就是我們都變成乖巧聽話的孩子嘛！」珍假裝驕傲地說道。

「嗯——可是，這件事對我們來說太無趣了。」西里爾說道。

「而且，這種事情不必拜託沙米亞德，我們自己也可做到啊。不行，應該是一件非常特別的事。非得拜託沙米亞德才能完成的那種事。」

「小心哦！」安西雅擔心似地說道。「不要忘了昨天發生的事。如果不小心說出『拜託』或者『希望如何』之類的話，那麼立刻就會實現。今天這個日子是非常重要的日子。」

「知道，不用妳雞婆了。」西里爾說道。

就在這時候，瑪莎端著熱茶走進來，而她的表情告訴他們，好像有個非常不得了的消息。

「你們都平安的用完了早餐，眞是值得慶幸呢！」瑪莎想要嚇唬人似地說道。

「哎呀，到底怎麼回事啊？」大夥一起問道。

「沒有啦，沒什麼啦。最近，不知何時，說不定有人會在睡覺時被殺死！」

「哎呀，是誰在睡覺時被殺死了呢？」

珍邊問邊因爲害怕及感到有趣而抖動著身體。

「這個嘛——不是已經被殺了啦，而是說可能會發生這種事啦。聽說遭小偷了——皮耶跟我說的——而且，奇旦夫人的鑽石啦、頭飾啦，其他寶石類，沒有留下任何一個而全都被偷走了。據說，夫人一察覺到就昏倒了，所以連說『哎呀，我的鑽石』這句話的機會都沒有呢。況且，很不巧地，奇旦夫人的先生正好去了倫敦。」

「妳是說奇旦夫人嗎？」安西雅說道。「我們見過那個人，穿著紅白衣服的人，而且，她自己沒有小孩子，所以連別人的小孩她都無法忍耐。是她嗎？」

「對，就是她沒錯。」瑪莎說道。「據說那位太太只對寶石感興趣。眞不是好現象。還聽說那些鑽石及寶石的價值高達幾千、幾萬英鎊呢。她的鑽石及項鍊、手鐲多得數不清，而髮飾和戒子也多得讓她興趣索然。哎呀，不能再說這些話了。在太太還沒回到家前，必須把這裡整理好才可以。」

當瑪莎匆忙地走出去後安西雅說道：

「我眞不懂，她爲何就能夠擁有那麼多的鑽石呢。那個人，滿令人討厭的。我們的媽咪不但沒有鑽石，也沒有什麼值錢的寶石啊。只有黃玉的項鍊、爸爸和媽媽結婚時送給媽媽的藍寶石戒子、石榴髮夾、夾著爺爺頭髮的眞珠胸針——就這些而已呀！」

「等我長大以後要買很多鑽石給媽媽。」羅伯特說道。「只要她想要，我就去非洲探險，然後去賺回永遠用不完的錢。」

「真希望媽咪能夠發現，那些項鍊啊、頭飾啊，及山一樣多的鑽石。」珍出神似的開始說道。「當媽咪回到家之後，希望那些東西出現在媽咪的房間！」

其他孩子們打著寒顫看著珍。

「喂，珍，妳竟然說出來了，」羅伯特說道：「等媽媽回來之後，寶石會出現在媽媽的房間。現在除了去砂石場，找沙米亞德外沒有其他辦法了。若牠的心情好，可能會取消剛才所說的話呢。但是，萬一——牠不幫我們取消的話，那就麻煩了——到時候警察局的人會來——珍，不要哭啦，傻瓜，我們會站在妳這邊的。而且爸爸也說過，只要我們不做壞事，說出實話，就沒有什麼可害怕的啦，不是嗎？」

但是西里爾與安西雅卻困擾似的互相對看著。他們兩人記起，曾經向警官說出沙米亞德的事情後，這些人所做出來的反應。

這一天，真是個不幸的日子。他們沒有找到沙米亞德，然後也沒有找到寶石。孩子們在媽媽的房間內找了許多次，但仍沒有找到。

「當然，只有我們是不會找到的，」羅伯特說道：「媽媽回來之後，寶石才會出現。也許媽媽會認爲，這些寶石是從很多年很多年前就已經在這個家，而不是小偷偷出來的呢。」

「是啊！」西里爾瞧不起似地說道。「然後要讓媽媽把贓物據爲己有嗎？這個罪，有多重，你知道嗎？」

孩子們再一次徹底尋找了砂石場，但是仍沒有發現沙米亞德。

孩子們無精打采的回到了家。

「我覺得沒關係嘛！」西安雅勇敢地說道。「我們把所有的事告訴媽媽，那麼，媽媽就會把寶石還給原主，這樣，一切不就解決了嗎！」

「妳是這麼認爲嗎？」西里爾慢慢說道。「媽媽會相信我們說的話嗎？沒有見過沙米亞德而相信沙米亞德的存在，會有這種人嗎。媽媽一定會以爲我們是在玩沙米亞德遊戲。不然的話，她會以爲我們的精神錯亂，並把我們帶去醫院，你們想進醫院是嗎？」

然後，西里爾突然朝向可憐兮兮的珍說道：

「嗯？想進精神病院是嗎？一整天待在鐵格子的房間，把稻草貼在頭上，聽其他病人哇啊哇的喊叫聲，是嗎！妳要記住哦，絕對不能向媽媽說，知道嗎？」

「可是，那是事實，不是嗎？」珍說道。

「當然是啦，可是無法讓大人相信的！」安西雅說道。「西里爾說的沒錯。好啦，在所有花瓶內插上花，不要再想鑽石的事情了。總之，以往也都是在最後有了圓滿的結果不是嗎？」

因此，孩子們在家中所有的花瓶內都插滿了紫苑啦、百日草啦、後院所開的薔薇啦，所以整個家就像一個花店一樣充滿了花朵。

＊

過了中午之後不久，媽媽就到家了。四個孩子用力抱緊了久違了的母親。這時候，大夥都想把沙米亞德的事一五一十的告訴母親，因爲，以往無論有什麼事都會告訴母親。但是，還是壓抑住了想要告訴母親的心情。

母親也有許多話想要告訴孩子們。奶奶的事、奶奶飼養的鴿子的事、艾瑪嬸嬸的瘸子驢的事等等——家中變成了像花店般充滿花朵一事，也讓母親非常高興。然後，當母親回到家後，好像所看到的是非常舒適又自然的家，所以連孩子們都以爲沙米亞德的事只是一場夢。

但是，這時候當媽媽爲了換衣服而走向通往二樓的階梯時，孩子們毫不猶豫的就像八腳章魚般蜂擁而上抓緊了媽媽。

「媽媽，不要去二樓嘛！」安西雅說道。「我幫媽媽把帽子帶上去好了。」

「不用了，我去放也可以啊！」西里爾說道。

「媽媽，到外面去看薔薇嘛！」羅伯特說道。

「哎呀，拜託，媽媽不要去啦！」珍非常困擾似地說道。

母親卻非常有活力地說：

「哎呀，傻瓜，我還沒有老到要你們幫我拿帽子啊。你們看，我的手已經很髒了，不洗不行啊！」

然後，母親走了上去。

孩子們也以黯淡的表情相互對看著跟在後面。母親脫掉了帽子，它是配有白色薔薇的美麗帽子。拿下帽子後，母親爲了整理頭髮走向有化妝鏡的化妝台前。化妝台上，戒子盒及針扎間，放置著一個綠色的皮盒子。母親打開了這個盒子。

「哇，好漂亮哦！」

母親大聲說道。盒子裡面裝著的是戒子。有許多顆鑽石圍繞著一顆大珍珠的戒子。

「這戒子怎麼會在這裡呢？」母親把戒子戴在原本就戴著結婚戒子的手指上。剛好和手指吻合。「到底從哪兒來的呢？」

「不知道！」

四個孩子說了實話。

「一定是你父親交代瑪莎放在這裡的，去樓下問一問瑪莎吧！」母親說道。

「讓我看看！」安西雅說道。

安西雅知道瑪莎一定看不見戒子。

母親去樓下訊問的結果，當然，瑪莎說她沒有放什麼戒子之類的東西，而芳妮更是什麼都不知道。

母親認爲不可思議，但是以非常愉快的表情回到了二樓。但是，這次當母親打開化妝台下面的抽屜時，那裡也有一個長盒子。然後從裡面出現的是，無法想像其價格的非常漂亮的項鍊。母親更覺得不可思議，但是，並沒有像前一次那麼高興。她爲了收好帽子而打開了櫥櫃，這時又發現了一個髮飾和好多個胸針。

就這樣，在不到三十分鐘的當兒，從房間的各個地方都發現了寶石。孩子們愈來愈不安了，而珍他們已經開始啜泣了。母親以複雜的表情看著珍。

「珍，妳是不是知道這件事。來，想清楚後，誠實地把眞相說出來。」

「我們發現了『砂之精靈』！」珍乖乖地開始說著。

「不要開玩笑了。」母親以嚴肅的聲音說道。

「在說什麼蠢話呢，珍。」西里爾也開口了。然後西里爾不顧前後地說道。「是這樣子啦，媽，我們也是第一次看到這些東西啊，但是，據說，昨晚奇旦夫人家遭了小偷，把她所有的寶石全部偷走了。這些，難道就是那些寶石嗎？」

孩子們呼的鬆了一口氣，以爲這下可以擺脫這件事了。

「但是，爲什麼會把它們帶到這裡了呢？而且，是怎麼進來放在這裡的呢？拿著這些東西逃跑，會更容易，不是嗎？」母親這樣說著，但她的懷疑也是理所當然的。

「可是，也許——到傍晚前——或者晚上前，先放在這裡，然後再回來拿走也不一定啊。除了我們之外，沒有人知道妳今天要回來的事啊！」西里爾說道。

「必須立刻叫警察！」母親非常擔心地說道。「啊，眞希望你父親快回來呢！」

「等爸爸回來不是比較好嗎？」羅伯特說道。

羅伯特知道，太陽下山前爸爸不會回來。

「不行、不行，不能把這麼貴重的東西就這樣放在這裡！」母親大聲說道。

「這麼貴重的東西」是指堆在母親床上的寶石盒。母親也和孩子們一起把這些寶石盒放入櫥櫃內，並由母親扣上了鎖。然後把瑪莎叫過來了。

「瑪莎，是不是有什麼陌生人，趁我出外旅行時，進來這個房間了呢？老實告訴我。」

「沒有，太太。那個——我——」

這時瑪莎非常地窘迫，母親溫柔地說道：

「來，說吧，是誰，進來過呢？不快點說不行哦。不要害怕嘛。我知道不是妳的錯。」

瑪莎開始激烈的啜泣著。

「太太，我原本打算今天告訴您的。打算這月底向您請個假——就是這回事。我想和那個人結婚，他是獵場的看守人，太太——他的名字是皮耶。我沒有說謊。因爲太太突然決定回來，所以沒能事先告訴您——皮耶他溫柔的對我說『瑪莎，我的美人』——我知道我不是什麼美人，但是，男人總是喜歡這樣說，而且——『瑪莎，我看到妳這麼忙碌，我不能不幫妳，我的力氣很大哦』，他也這麼說著幫忙一起擦窗戶——但是，從開始到最後，他都是擦外面，而我擦裡面。老天爺也看到了，眞的是這個樣子。」

「妳在這期間，一直都和這個人在一起嗎？」

母親問道。

「是，皮耶在外面，我在裡面。只有去換水桶裡的水時，我下樓去了。」

「好，我知道了。」母親說道。「瑪莎，妳做的事不是件好事，但是，妳誠實地說出來，這一點是值得佩服的。」

當瑪莎走了之後，孩子們突然跪在母親的四周。

「媽媽，不是皮耶做的！」安西雅叫著說：「絕對不是。皮耶是個非常好的人。他規矩、英勇、誠實。不能讓他被抓進警察局裡，拜託妳，媽媽！拜託、拜託、拜託！」

這一切好像變得亂七八糟，毫無道理。就是因爲珍講了句無聊的話，所以很可能讓一個誠實的人蒙受到小偷的罪名。即使說出眞實的話，好像也沒有人肯相信了。當孩子們想講出一切眞相時，每個人的腦海裡浮現了不斷喊叫的精神病院。所以，這四個孩子，除了靜靜地閉上嘴外沒有其他辦法了。

「這附近會有馬車嗎？」母親好像擔心得不知所措似地說道。「二輪馬車呢？必須儘快去羅斯塔鎭告訴警察。」

四個孩子們都啜泣著說道：

「隔壁的農家有馬車。但是，不要去啦——不要去啦！等到爸爸回來嘛！」

母親絲毫不理會孩子們說的話。母親一旦決定的事，都一定要立刻去做。這一點，母親和安西雅很像。

「我跟你說，西里爾，」母親以黑髮夾固定著帽子說道：「我請求你來監督。你待在二樓，在二樓的澡盆內放水，可以在那裡假裝玩玩具船。告訴瑪莎是我准你這麼做的。總之，不可以離開這裡，而且，其他任何人都不可以進入我的房間。要記清楚哦。知道寶石在這裡的只有我、你們以及把寶石放在這裡的那些壞蛋。羅伯特，你去庭院看著窗戶，如果有人想從窗戶進屋裡，就跑去告訴廚房裡的人。我現在就去找兩位附近農家的人，讓他們在廚房守著。我會告訴他們附近有可疑的人在晃蕩——其實的確如此。好了，你們兩個要聽好哦，媽媽把這裡交給你們了。但是，在天黑之前壞人不會出現的，所以沒有關係啦。我走了，孩子們！」

然後，母親在自己房間門上了鎖後，把鑰匙放入口袋內走了出去。

看到母親這麼果斷的辦事態度後，孩子們不得不認爲母親非常地偉大。如果以往每次碰到麻煩時，母親都在旁邊，那麼一定能夠更圓滿解決的。

「媽媽是天生的將軍。」西里爾說道。「但是，不知道往後事情會變成什麼樣子。即使安西雅他們找到沙米亞德讓寶石消失了，那麼，媽媽一定會認爲是我們沒有守好，讓小偷爬進來取走了是嗎？不然的話，警察可能以爲是我們把它藏起來了。再不然的話，警察以爲母親在耍他們。啊，爲什麼會變成這種無聊的結局呢！」

西里爾非常生氣地做好了紙船，然後就像母親所說的一樣，放在浴缸的水中。

羅伯特走到庭院，在黃色草坪上坐了下來，悲慘地托著下巴。

安西雅和珍站在下面的走廊，悄悄地說著秘密。瑪莎在廚房大聲絮絮叨叨說著她的不滿。

「眞的，沒有碰過像這次這麼令人困擾的事。」安西雅說道。

「而且，我們也不知道，那些寶石是不是被偷的所有寶石。假如那些不是所有的寶石，也許警察會認爲爸爸和媽媽偷了之後，爲了瞞人耳目而拿出了其中一部分。這麼一來，媽媽他們就會關入監牢裡，而我們就會被當做是壞人的孩子，而被社會所拋棄。這一切對媽媽他們來說，也是件非常悲慘的事。」

「可是，那該怎麼辦呢？」珍問道。

「什麼辦法也沒有了──不過可以去找一找沙米亞德。今天天氣非常炎熱，說不定牠會出來曬鬍鬚呢！」

「但是，今天牠不會再替我們達成願望了。」珍似乎非常了解的說道。「每次見面，牠就會更加壞心眼。那個沙米亞德，可能不喜歡替別人達成願望哦！」

這時安西雅悲傷的搖了搖頭，但是突然停了下來。

「怎麼啦？」珍問道。「是不是想到什麼了？」

「這是我們的唯一機會了！」安西雅裝模作樣似地說著。

「這是，最後最後的，唯一的、微小的願望！來，走吧！」

然後，安西雅在前面快速地向砂石場跑去。

啊，這是多麼令人高興的事啊！沙米亞德正在金色的砂石場曬著太陽，並在溫暖的午後陽光下整理著牠的鬍鬚。沙米亞德一看到這兩個孩子，就立刻轉向沙子挖洞──牠一定是想又來了討厭的傢伙。

但是，安西雅先伸出了手。安西雅突然——但是溫柔抓住了長滿毛的沙米亞德的肩膀。

「妳在幹什麼！放手！」沙米亞德說道。

但是，安西雅並沒有放手。

「親愛的，我們最最喜歡的沙米亞德先生——」安西雅急速喘著氣說道。

「嗯，是嗎——妳是又要讓我替妳達成願望是吧。但是，我不能每天都陷入替人們達成願望而忙碌的生活中吧。總要有一些自己的時間啊！」

「你，不喜歡替人達成願望是嗎？」

安西雅溫柔的問道，但是因爲太過用心而有些顫抖。

「當然不喜歡了，放開手吧。如果不放，我要咬妳囉。眞的咬妳哦——說眞的哦。是嘛，妳是打算被咬是吧，那好吧！」

安西雅做好被牠咬的準備，所以抓住了沙米亞德。

「聽我說，沙米亞德先生！」安西雅說道。「不要咬我好嗎，然後，請你仔細聽一聽，假如你能替我達成今天的願望，以後我再也不會向你許願了。」

沙米亞德好像已經被打動了。

「我，什麼事都幫妳做，」沙米亞德以欲哭的聲音說道：「假如今天以後不再許願的話，我會盡我一切力量，幫妳達成許多願望。我真的——不願意再聽人們的願望了。我真怕會弄痛身體的哪根筋呢。而且每早醒來一想到要替人類達成願望，那種心情你們是無法想像的，一定想不到！」

因情緒太過激動，所以沙米亞德的聲音有些沙啞，而最後那句「一定想不到」已經變成了一種刺耳的尖叫聲。安西雅溫柔的放開了手。

「那些令你厭煩的事已快結束了。我們向你堅決保證從今以後不會再許願了。」

「好，開始吧！」沙米亞德說道。「快點讓我完成吧！」

「你會幫我達成幾個願望呢？」

「不知道——只要我能耐得住。」

「那麼，第一——拜託，讓奇旦夫人認爲她遺失寶石的事是一場誤會。」

沙米亞德撲地膨脹後頓時又縮小了。

「完成了！」

「讓媽媽不能走到警察局。」

安西雅比先前沈靜地說道。

沙米亞德隔了一會兒又說道：「完成了！」

「讓媽媽忘掉這次所有的事！」珍突然說道。

「完成了！」沙米亞德以脆弱的聲調說道。

「休息一下再繼續如何呢？」安西雅體貼地問答。

「哎呀，讓我快點做完吧！」沙米亞德說道。「但是，在進入下一個願望前，要不要爲我許一個願呢？」

「你，無法爲自己許願嗎？」

「當然不行啦，以前是朋友之間互相幫忙達成願望。其實說到願望，在那個大懶獸時代也沒有什麼特別的願望哩。好，妳替我這麼說吧，希望你們不要把我的事告訴任何人！」

「爲什麼？」

珍問道。

「哪有爲什麼，如果你們把我的事情告訴大人，我以後不就沒有舒適的日子好過了嗎？大人就會把我抓起來，不像你們一樣許一些蠢願望，而是拜託我不容易完成的嚴肅的願望。其中也許科學家們會發現太陽下山後仍不會消失的東西，例如累進所得稅啦、養老基金啦、中學義務教育啦，會想獲得這些無聊的東西，然後把這些東西拿到手後，永遠緊抓著不放。若眞的發生這類的事，那麼這世界就會變成亂糟糟的了。好啦，快點幫忙許願吧！」

當安西雅重複沙米亞德的願望時，沙米亞德膨脹得比任何一次都大，然後，再呼一聲縮小後說道：「好啦，妳的下一個願望是什麼呢？」

「還有一個。相信完成這項願望後一切就會平靜的，對不對，珍？希望瑪莎忘記有關戒子的事。然後，希望媽媽忘記有個獵場看守人清掃窗戶的事情。」

「哎呀！哎呀，我已經精疲力盡了。」沙米亞德好不容易地說道。「還有要說的嗎？」

「沒有了。只想對你爲我們到目前爲止所做的一切表示謝意。希望從今以後你能安詳的過日子。然後，希望，總有一天再見到你。」

「這也是願望嗎？」沙米亞德以微弱的聲音問道。

「嗯，是的！」女孩子們一起說道。

沙米亞德撲一聲膨脹之後又縮小了。在這本書中，這是沙米亞德最後一次的膨脹。沙米亞德向安西雅及珍點了點頭，眨巴眨巴地眨著蝸牛般的眼睛，啪啪地挖掘著然後突然消失了，而沙粒再度塞住了這個洞。

「我們這麼做，應該很成功了，是嗎？」珍問道。

「嗯，對呀。我們去跟男孩子說吧！」安西雅說道。

安西雅走到以悶悶不樂的表情擺弄紙船的西里爾面前，說出了剛才的事。而珍也向羅伯特說了。正當兩個人說完話時，媽媽回來了。媽媽不但滿身都是塵土，臉也被太陽曬得發熱了。她說想給女孩子們買秋裝的校服而前往羅斯塔的途中，馬車的軸心斷掉了。母親說因爲路窄而且兩邊的樹籬很高，所以沒有掉下去，不然的話，差一點就從馬車上滾了下來。雖然很幸運的沒有受一點傷，但是好像不得不走回家來。

「哎呀，我已精疲力盡了，如果不喝一點熱茶就快不行了。誰快點去看看熱水有沒有煮開了啊！」

「哇，沒事了。」珍竊竊私語道。「媽媽不記得了。」

「瑪莎也是！」

去問熱水有沒有煮開的安西雅也回來說道。

當瑪莎在廚房喝著熱茶時，皮耶正好走了進來。皮耶說，其實奇旦夫人的鑽石並沒有遺失，這句話使大夥開心不已。原來這家的男主人奇旦先生，爲了清洗寶石而帶去倫敦，但知道這件事的女傭剛好這天也請假回家，因而沒有告訴奇旦夫人。所以鑽石一切安然無恙。

這天傍晚，當母親哄睡小弟時，珍走在庭院悲傷的說道：

「我們會再遇見沙米亞德嗎？」

「一定會再遇見的，只要真心想遇見牠的話。」西里爾說道。

「可是，已經向沙米亞德說過不再許願了。」安西雅說道。

「我不想再許什麼願望了。」羅伯特清楚地說道。

孩子們在那之後再度遇見了沙米亞德，但是，不是在砂石場，而是一個非常非常特別的地方，那裡是——

哦，對了，這是另外的故事，所以，現在不能說這個故事！

〈全書終〉

國家圖書館出版品預行編目資料

砂之精靈／伊迪絲・內斯比特／著；楊玉娘／譯
-- 二版 -- 新北市：新潮社文化事業有限公司，2022.10
面：公分
譯自：Five Chidren and it
ISBN：978-986-316-845-4（平裝）

873.596 111011662

砂之精靈

伊迪絲・內斯比特／著

楊玉娘／譯

【策 劃】林郁
【企 劃】天蠍座文創
【出 版】新潮社文化事業有限公司
電話：(02) 8666-5711
傳真：(02) 8666-5833
E-mail service@xcsbook.com.tw

【總經銷】創智文化有限公司
新北市土城區忠承路 89 號 6F（永寧科技園區）
電話：(02) 2268-3489
傳真：(02) 2269-6560

印前作業 菩薩蠻、東豪印刷事業有限公司

二 版 2022 年 10 月